질긴 매듭

배미주 ∽ 정보라 ∮ 길상효 ∽ 구한나리 ∮ 오정연

질긴 ∞ 매듭

사계절

차례

이삭은 바람을 안고 걷는다　　07
배미주

엄마의 마음　　49
정보라

행성의 한때　　89
길상효

거짓말쟁이의 새벽　　143
구한나리

오랜 일　　193
오정연

기획의 말　　262

이삭은 바람을
안고 걷는다

주머묵

여느 날과 다를 바 없는 날이었다.

대형 마트 '퀸즈패밀리' 사원 숙소의 아침 시간, 공용공간의 벽걸이 티브이는 뉴스 채널에 고정되어 있었다. 몽골에선 모래 폭풍이 도시 하나를 덮쳤고 정부는 실종자 수색을 멈추지 않겠다고 했다. 바다 건너 대륙에선 대형 산불이 1년째 꺼지지 않고 있었다. 동물들은 아무 데로도 가지 못하고 타죽었다. 러시아와 중국의 전쟁은 잠시 소강상태였고, 전쟁 중인 한반도에선 어제 미사일이 학교를 공격해서 많은 아이가 죽었다. 그런 뉴스는 간편식을 데우는 소리, 회전식 대형 토스터가 돌아가는 소리, 의자를 끄는 소리, 음식을 씹는 소리와 다를 바 없는 일상의 배경음일 뿐이었다.

이삭은 유니폼으로 갈아입기 위해 휴게실에 들렀다. 휴게실은 미화팀과 안전팀, 이삭이 속한 카트팀 사람들이 공동으로 사용하고 있었다. 조끼를 입고 명찰이 달린 겨울용 점퍼를 입던 이삭은 도도 씨의 유니폼이 벽에 걸린 것을 보았다. 이삭은 벽시계를 보았다. 10시. 도도 씨가 이미 일을 시작한 지 두 시간 가까이 되었을 시간이었다. 오픈 조인 도도 씨는 이삭보다 일찍 일을 시작하고 그만큼 일찍 퇴근했다. 도도 씨는 도로 맞은편 서민 아파트에 살았다. 아침이면 그 아파트 주민들이 쇼핑하면서 가져간 카트들을 수거해 양치기처럼 몰고 왔다. 그러곤 마트 내부를 돌며 여기저기 흩어져 있는 카트들을 모아서 1층 카트 보관대에 정렬해둔다. 그게 도도 씨 하루 일과의 시작이었다.

이삭은 고개를 갸우뚱하고 도도 씨의 유니폼인 걸 잘 알면서도 명찰을 확인했다. 휴무일이 아닌 걸 알면서도 출근표를 다시 보았다. 이삭의 머릿속은 도도 씨의 옷이 저기 걸려 있다. 그럼 도도 씨는 어디 갔을까,라는 생각에서 맴돌며 고장나버렸다. 이삭은 안절부절 제자리를 맴돌았다.

이삭이 처음 퀴즈패밀리에 왔을 때 사내 의료센터 엘사 선생님은 여러 가지 검사를 해주었다. 그때 엘사 선생님은 이삭이 FASD(태아 알코올 스펙트럼 장애)와 불안 장애를 가지고 있지만 지능이나 감수성엔 별문제가 없다고 했다.

"이삭, 수행력이나 문제 해결 능력이 떨어지는 건 노력으로 극복할 수 있어. 다만 이삭, 너는… 내적 자원이 부족하구나. 네가 온 몽골 땅처럼 말이야."

이삭은 여러 번 그 말을 곱씹었다. 나는 문제가 조금 있다. 그래도 노력으로 극복할 수 있다. 나는 내적 자원이 부족하다. 내가 온 몽골처럼. '내적 자원'은 어려운 단어였지만 몽골을 예로 들어주어서 이해할 수 있었다. 사막화되어버린 몽골은 정말로 척박하다. 호수가 사라지고 더 이상 초원도 없고 유목민은 떠돌이 노동자가 되었다. 그러니까 내적 자원이 부족하단 말은 그런 뜻이구나. 살아가는 데 필요한 것들을 갖추지 못했다는 뜻이다. 하지만 지금도 몽골에선 사람들이 살아간다. 과학기술이 그걸 가능케 했다. 태양 전지판과 모래 수확을 통한 건축자재 마련과 담수화 기술 등으로. 모래 폭풍이 한순간에 그것들을 삼키고는 했지만.

이삭은 주머니를 뒤져 엘사 선생님이 처방해준 약을 물 없이 삼켰다. 어서어서 약아 녹아라. 불안이 가라앉도록. 마음이 조각조각 흩어진 듯한 이 초조함이 사라지도록.

그때 문이 벌컥 열리며 소장이 들어왔다.

"이삭, 뭐 해. 왜 미적대고 있어?"

소장이 눈을 부라리며 버럭 소리쳤다. 큰소리를 두려워하는 이삭은 저도 모르게 귀를 막았다. 그런 행동은 관리자들의 비웃음을 사고 조롱거리가 된다는 걸 알기에 얼른 다시 손을 내렸다. 소장이 험악하게 이삭을 노려보곤, 툭 말을 뺐었다.

"도도 씨가 사고를 당했다."

이삭은 지퍼를 올리다 말고 소장을 올려다보았다. 소장은 짜증스럽게 뒷머리를 긁었다. 현장에서 잔뼈가 굵어 관리직까지 승진한 그는, 자기가 관리하는 인력에 결원이 생기면 한시적으로 그 자리를 메꿔야 했다.

"재수도 없다니까. 아침에 카트 밀고 도로 건너다가 차에 치였어. 아, 안심해. 생명엔 지장 없으니까. 그래도 크게 다쳐서 복귀하긴 어려울 거야. 재활 치료를 한다 해도 오래 걸릴 거고. 산재 보험 되니까 다행이지."

이삭은 굳어버린 혀를 겨우 움직여 말을 뺐었다.

"그럼 저는… 어떻게 해야 하나요?"

도도 씨는 이삭이 퀸즈패밀리에서 일한 지난 5년 동안 이삭의 파트너였다.

"오늘은 마감조 올 때까지 네가 혼자서 주차장 업무 맡아줘야겠어. 내가 오늘 일이 좀 바빠서 말이야. 할 수 있지?"

'할 수 있지?'는 질문이 아니었다. '해야 한다.'는 뜻이었다. 그건 관리소장이 사람을 대하는 방식이었다. 휴무일 조정 같은 메시지를 보내면 마치 받지 않은 것처럼 깔끔히 무시할 때도 많다. 자기 기분에 따라 별거 아닌 일에 버럭

화를 내고 비웃고 조롱하기 일쑤다. 이삭을 제외하면 카트팀과 미화팀의 평균 연령은 40대로 소장과 비슷하거나 더 많은 사람도 있었지만 소장은 모두를 일관성 있게 대했다.

"대신 휴무 당겨줄게. 물론 신입도 빨리 구할 거야."

당연히 자기가 할 일을 떠넘기면서, 그렇게 인심 쓰는 말로 마무리 지으며 나가라고 턱짓했다.

이제 20년 정도를 살았을 뿐이지만, 자신이 운이 좋은 편이 아닌 걸 이삭은 잘 알았다. 언제나 불행은 난데없이 닥쳐온다는 것도. 경유지로 내린 연해주의 공항에서 화장실에 간다며 이삭에게 트렁크를 맡긴 엄마가 다시는 돌아오지 않은 것처럼.

이삭의 엄마는 한국 출신이다. 전란에 휩쓸리기 전 한반도를 떠나 몽골에 이주해서 이삭을 낳았다. 이삭의 이름을 들으면 사람들은 먼저 성경에 나오는 인물을 떠올리곤 했다. 아, 그 아버지 '아브라함'이 신에게 제물로 바칠 뻔했던 사람 말이야? 하고.

엄마는 '이삭'이 한국의 고유한 이름이라고 했다.

"이삭은 순수한 우리말이야. 땅에 떨어진 곡식의 낱알이란 뜻이란다."

고향 땅에선 더 이상 살아남을 수 없겠다고 여겨 떠났어도, 사람들은 자신의 출신지식으로 아이의 이름을 지었다.

 이삭이 아는 몽골에는 유목민도 게르도 없었다. 사막에서 재료를 추출해 시공한 단단하고 나지막한 건물들에 사람들이 모여 살았다. 엄마는 이삭을 데리고 건설 현장이나 안개 포집장, 지하 관개시설 같은 곳을 떠돌며 일을 구했다. 택배단을 따라 분쟁 지역을 지나다 억류되기도 했다. 건조하고 바람이 거센 땅에는 회전초들이 굴러다녔다. 씨앗들이 정착할 수 없는 땅. 그래서 서로 둥글게 뭉쳐 거친 바람에 구르며 살아남는 땅. 이삭은 이름처럼 생의 태반을 떠돌이로 살았다.

 모래 폭풍이 세상을 캄캄하게 만들 때, 회전초들이 마구 솟구쳐 오르는 모습은 암울하고 무서운 풍경이었다. 그런 밤이면 엄마와 꼭 끌어안고 둥글게 몸을 말았다.

 이름에는 다 뜻이 있는 줄 알았던 이삭은 도도 씨에게도 이름의 뜻을 물은 적이 있었다. 도도 씨가 질문을 해도 괜찮은 사람이란 걸 알게 된 뒤에 말이다. 도도 씨는 어떤 사람인가,라고 주변에 물으면 사람들은 고개를 갸웃거리다 슬쩍 웃음으로 떼울 것이다. 오랫동안 붙박이로 놓여 먼지 쌓인 전시 상품처럼 도도 씨는 희미한 사람이었다. 도도 씨는 작지만 노동으로 단련된 다부진 몸을 가진 중년 여자였다. 갈색 단발머리는 새치가 많아 희끗희끗하고 둥근 얼굴엔 표정 변화가 거의 없었다. 카트팀에서 가장 나이가 많은 건 아니지만, 20년 이상 카트 담당으로 일해온 최고참이었다. 정확하게, 빨리 일했다. 직급이 없어도 팀원들은 도도 씨를 반장님이라고 불렀다.

이삭에게 도도 씨는, 화내지 않는 사람이었다. 그렇다고 친절하고 상냥한 사람이냐면 그건 아니었다. 꼭 필요한 말 외엔 거의 하지 않고, 웃는 모습을 본 적도 없었다.

그런 도도 씨와 일하면서 이삭이 안고 있던 문제들이 느리게 나아졌다. 도도 씨가 이삭이 지금껏 만나온 사람들 같았다면, 이삭에게 답답하다고, 느리다고, 왜 같은 말을 계속하게 하냐고 화내고 소리 지르고 결국 같이 일하지 못하겠다고 말하는 사람이었다면, 엘사 선생님이 처방해준 약도 소용없었을 것이다.

반장님. 반장님의 이름은 무슨 뜻인가요? 이삭이 물었을 때, 도도 씨는 열여덟 대의 카트를 연결하다가 천천히 눈을 껌뻑였다. 그런 거 없는데. 이름 적는 난에 실명이 아니어도 된다고 해서. 떠오르는 대로 적은 거야. 연해주에선 가능한 일이었다.

여러 대의 카트를 연결해 이동시키는 걸 '운전'이라 불렀는데 이삭은 카트 운전에 관련된 기술을 모두 도도 씨에게 배웠다. 도도 씨는 연결된 카트 행렬의 맨 뒤에서 카트 손잡이에 슬쩍 힘을 주는 것만으로 세밀한 각도로 방향을 틀 수 있었다. 커다란 뱀처럼 꿈틀거리며 주차된 차들의 범퍼를 아슬하게 비켜 가는 카트 행렬의 무빙은 마술을 보는 것 같았다.

도도 씨는 그날 일과를 끝내고 보관대에 카트들을 일렬로 정렬한 뒤에 불쑥 말했다. 그 질문에 대해 계속 생각했던 것처럼.

"옛날에 '도도'란 새가 있었대. 멸종했지만."

대멸종기의 막바지에 살고 있기에 이삭은 잠자코 있었다. 도도 씨는 고개를 저었다.

"아니… 훨씬 오래전에 멸종했어."

이삭은 왜냐고 물었고 도도 씨는 다시 생각에 잠겼다.

"그건 모르겠다. 아마… 어리석은 선택을 해서?"

살면서 매순간 선택을 해야 하고 잘못된 선택의 대가가 길고도 가혹하다는 걸 이삭은 잘 알았다. 하지만 새도 그럴 수 있을까? 자신이 선택한 결과로 멸종한다고? 숙소로 돌아와 누웠을 때 문득 그 물음이 다시 떠올랐고, 이삭은 디바이스를 꺼내 대화형 AI에게 도도새에 대해 물었다. 이삭은 놀랐다. 도도새는 날개가 퇴화해 날지 못하는 새라는 거였다.

땅에 뿌리내리지 못하고 바람을 타고 구르는 이삭과 날지 못하는 동그란 몸뚱이를 가진 새. 둥글다는 것은 슬픈 일이구나, 생각했다.

"이삭, 카트 부족해! 빨리!"

디바이스에 올가의 메시지가 떴다. 문자에서 목소리가 들리는 듯했다. 이삭은 정신을 차렸다. 휴게실에서 어떻게 나왔는지 기억나지 않는데, 이삭은 마트 1층 무빙워크 옆 카트 보관대에 멍하니 서 있었다. 이삭은 따뜻한 실내를 떠나는 것에 아쉬움을 느끼며 자동문으로 향했다. 로비로 나서자 대형 공기정화기에서 나는 소음이 안을 포근히 감돌던 음악 소리를 지웠다.

마트 고객들은 주차 타워에 차를 둔 뒤 5층 연결 통로로 퀸즈패밀리 본관으로 들어온다. 카트 보관대는 5층과 1층 마트 내부에 있었다. 덕분에 지금 같은 혹한에도 카트를 이동시키면서 잠시나마 몸을 녹일 수 있었다.

주차 타워로 가기 위해 밖으로 나서자 살을 에일 듯한 한기에 몸을 이루는 가죽과 살이 압박복을 입은 것처럼 꽉 조여드는 것 같았다. 진입로를 따라 걷는 짧은 시간 동안만 시야에 허용된 하늘은 청회색으로 잔뜩 흐려 있다. 내일 새벽에 폭설이 예고되어 있었다. 혹한, 공항이 마비될 정도의 난데없는 폭설, 몽골 쪽에서 밀려오는 먼지 폭풍, 그러다 갑자기 봄이 온 듯 온화하고 맑은 날씨가 며칠 지속되는가 싶으면 지름 10센티미터가 넘는 우박이 폭우처럼 쏟아지는 것이 연해주의 긴 겨울이었다.

초국적기업 '아키연'이 한때 폐허로 변했던 연해주를 러시아로부터 헐값에 사들여 거대한 환경 산업을 일굴 수 있었던 데는 역설적이게도 유독 변덕스러운 연해주의 기후가 한몫했다.

흑요석처럼 까만 최고급 승용차가 부드럽게 미끄러져 들어와 이삭 앞에 멈춰 섰다. 운전석 문이 열리며 제복을 입은 운전사가 내려섰다. 자율주행 차가 대세인 시대에 드문 광경이었다. 운전사가 뒷좌석의 문을 열자 젊고 아름다운 여자가 내려섰다. 고급스러운 정장 슈트를 입은 여자를 이삭은 입을 벌리고 바라보았다. 여자의 얼굴은 어딘가 낯이 익었다. 여자가 퀸즈의 입구로 들어설 때에야 이삭은 깨달았다. 입구 위 대형 전광판 속 퀸의 얼굴과 닮았다. 퀸의 딸이구나.

퀸. 사람들은 3대째 이어져오는 아키연의 CEO를 퀸이라 부른다. 한국계 창립자가 연해주 땅을 사들이면서 연씨로 성을 바꾸었다고 한다. 후계는 모계로 이어지며 철저히 장녀 승계이다. 장녀 외 다른 자손은 배척된다. 권력도 기업도 쪼개지 않는다는 게 창업주의 확고한 신념이었다.

전광판으로밖에 못 봤지만 현 CEO 연혜신은 카리스마가 대단하다고들 했다. 잠시 스치듯 본 그 딸도 존재감이 뚜렷했다. 퀸의 가계가 기업 왕국을 세운 이래로 연해주는 전쟁 난민과 고아와 박해받는 사람들에게 활짝 열려 있었다. 취업 비자 취득만으로 연해주에 거주할 수 있으며 난민과 고아를 함부로 추방할 수 없는 특별법도 존재했다. 그래서 그들은 고통받는 이들, 특히 여자들의 수호자로 칭송받았다. 그건 겉으로 드러난 명분일 뿐, 폐허에 세운 산업의 기반이 될 인구 유입을 위한 제스처일 뿐이라는 비아냥도 있었다. 확실히 초창기에 비해 취업 비자가 훨씬 깐깐해졌다는 게 중론이었다.

이삭도 휴게실에서 미화팀이나 안전팀 사람들이 퀸과 그 일가에 대해 하는 이야기들을 들은 적이 많았다. 사람들은 그런 이야기를 좋아했다. 그중엔 퀸의 젊은 시절 스캔들에 대한 이야기도 있었다. 그 이야기 속, 퀸이 사랑하고 버리는 방식은 거침없이 자유로우면서도 무자비해서 마치 여왕벌 같았다. 사람들은 말하곤 했다. 원래 그래. 그 사람들은. 가진 걸 잃는 것 말곤 두려울 게 없으니까. 혈육도 그저 권력을 나누거나 다투는 존재일 뿐이지. 연해주에서의 지난 5년이 삶에서 유일무이하게 평화롭고 안전한 시간이었기에, 이삭에게 여왕벌의 이미지는 다르게 다가왔다. 퀸이 당당하게 웃고 있는 전광판을 마주할 때마다 이삭은 이 일상의 조용함과 평화를 빚진 존재에게 감사와 따뜻한 사랑을 느꼈다. 여왕벌은 군신들의 왕이면서 어머니 않은가. '퀸즈패밀리'는 참 적절한 이름이었다.

퀸의 딸을, 그러니까 진짜 딸을, 직접 눈앞에서 목도한 것은 이삭에게 충격을 주었다. 설명하지 못할 감정이 마음을 아프게 베었다. 그녀가 막 사라진 유리문이 어두운 거울처럼 이삭을 비추었다. 이삭은 누추한 마음으로 외면했다. 반장님, 이삭은 마음속으로 도도 씨를 불러보았다. 반장님. 지금 반장님이 저 주차 타워에 있다면 좋겠어요. 거대한 뱀을 부리는 마법사처럼, 오래된 양치기처럼 그 자리에. 온기는 없어도 바람을 막아주는 벽처럼 그렇게.

그때 주머니 속 디바이스가 울렸다. 깜짝 놀란 이삭은 주위를 둘러본 다음 디바이스를 꺼냈다. 화상통화 요청이었다. 요청을 수락하자마자 화면 가득 도도 씨의 모습이 떠올라서 이삭은 디바이스를 떨어뜨릴 뻔했다. 도도 씨 얼굴이 멀어지면서 디바이스 속에서 낯선 목소리가 웅웅 들려왔다.

— 이렇게 들고 있으면 되나요? 저쪽에서 환자분 모습이 잘 보이면 되는 거죠? 소리를 좀 키울까요?

이윽고 도도 씨의 전신이 화면에 들어왔다. 팔다리에 깁스를 하고 몸에 튜브를 주렁주렁 매단 도도 씨는 형벌을 받는 사람처럼 보였다. 레고처럼 단정했던 단발머리는 헝클어진 채 떡져 있었고, 푸르스름한 조명 아래 퉁퉁 부은 창백한 얼굴은 처음 보는 사람처럼 낯설었다. 망가진 장난감처럼 희극적이면서도 참담한 모습이었다.

도도 씨가 입을 뻐끔거렸지만 아무 소리도 들리지 않았다. 이삭은 뚫어지게 도도 씨의 입 모양을 쳐다보았고, 도도 씨가 자신의 이름을 부르고 있음을 알았다.

— 소리를 좀 키울게요.

도도 씨의 얼굴이 화면을 채우며, 웅얼거리는 목소리가 약하게 흘러나왔다.

— 이삭.

"반장님."

— 이삭, 내가 사고를, 당해서.

"네, 알아요. 언제… 언제, 돌아오세요?"

도도 씨는 한참이나 말이 없었다.

— 오래… 오래, 걸릴, 거야.

이삭은 힘껏, 고개를 끄덕였다. 돌아갈 수 없을 거라고, 기다릴 필요 없다고, 그렇게 말하지 않아서 고마웠다. 목이 메어왔다. 도도 씨의 눈이 이삭을 물끄러미 응시했다.

─ 나는, 큰 병원으로, 옮길 거다. 그래서… 오래, 집을 비울 거니까. 내 집 어디 있는지, 알지? 도로 맞은편, 공원.

이삭은 고개를 끄덕였다. 가본 적은 없지만 어딘지는 알았다.

─ 오래, 집이 비어 있게 돼…. 그래서 이삭 네가, 집을 좀 돌봐주면, 좋겠다.

이삭은 아무 말도 못 하고 입을 벌렸다. 도도 씨와 함께 일한 5년 동안 이런 개인적인 부탁을 받은 건 처음이었다.

도도 씨는 띄엄띄엄 힘겹게 이야기를 이어갔다. 혹시 돌아가지 못하게 되더라도, 그건 먼 후일의 일이다. 그때까지 마음 편히 있어도 된다. 현관문의 비밀번호와, 여분의 출입 카드를 받을 수 있도록 말해두겠다. 도도 씨는 힘겨운지 입을 다물었다가, 디바이스 뒤에서 이야기 다 끝났냐는 말소리가 들리자 잠시만 기다려달라고, 아직 이야기가 남았다고 말했다.

─ 상자….

"네?"

─ 침실 붙박이장 아래 서랍에. 거기 상자가 하나. 작은 상자가 있어. 그걸 버려줘. 소각장에. 불태워줘.

그 말을 끝으로 도도 씨는 힘겹게 숨을 내쉬고 눈을 감았다.

"반장님."

이삭은 화면이 꺼지기 직전에 외쳤다.

"감사합니다. 반장님."

도도 씨는 그저 눈을 끔뻑였고, 화면이 꺼졌다.

엄마가 맡긴 작은 트렁크를 안고, 기다리고 기다리고 또 기다리다, 그러다 엄마가 돌아오지 않는구나 깨닫고, 절망에 빠져 우는 이삭을 사람들이 어딘가로 데려갔다. 그 막막함, 그 두려움, 그 서러움. 패닉 상태의 여자아이를 두고 사람들은 회의를 했다. 그때부터 이삭은 여러 곳을 전전했다. 맨 처음에는 방진복을 입고 생산 라인에 투입되었다. 옷은 너무 크고, 현장은 너무나 넓고, 숨이 막히게 깨끗했다. 반복 노동은 단순했지만 불안과 긴장이 최고조에 다다른 이삭은 온몸이 땀으로 젖은 채 숨이 막혀와 쓰러졌다. 그다음은 퀸즈패밀리 꼭대기 층에 있는 뷔페 식당이었다. 그곳에서 이삭은 손님이 다 먹은 접시를 로봇에게 주고, 식탁을 닦고, 로봇이 나를 접시에 음식을 채우는 일을 했다. 그때 함께 그 일을 시작한 다미안은 지금은 정직원이 되었다. 하지만 이삭은 거기서도 며칠 버티지 못했다. 너무나 사람이 많이 왔고, 너무 바빴고, 배워야 할 일이 너무 많았고 이삭은 실수투성이였고, 젊은 매니저가 소리 지를 때마다 겁에 질려 귀를 막고 아아아, 으으으, 신음을 뱉었다.

이제 마지막이야.

사람들이 한숨을 쉬며 이삭을 카트팀으로 데려가, 도도 씨에게 말했다.

도도 씨, 이 아이를 맡아줄 수 있겠어요? 거절해도 괜찮아요. 그럼 우린 이 아이를 돌려보낼 거예요. 이삭은 그 말에 젖은 빨래처럼 철푸덕 바닥에 주저앉았다. 어디로? 저를 어디로요? 도도 씨는 카트의 체인을 연결하던 손을 잠시 멈추고 이삭을 곁눈질했다. 그러곤 무표정한 얼굴로 웅얼거렸다.

두고 가요. 네? 뭐라고요? 여기 두고 가라고요. 아, 맡아주겠다고요? 고마워요, 도도 씨. 한시름 덜었어요. 그럼 우린 사원 숙소 배정하고, 계약서 쓰라고 소장에게 말할게요. 그럼 수고해요. 도도 씨.

그렇게 이삭은 두 번 버림받는 걸 면했다. 화내지 않는 도도 씨, 무표정하고 말이 없는 도도 씨 옆에서 이삭의 시간은 이래도 되나 싶을 만큼 한없이 느리게, 별일 없이 흘러갔다.

그러다 또다시, 옷걸이에 남겨진 옷 한 벌로 도도 씨의 부재를 맞닥뜨렸다. 견디고 견디다 체념하는 것 말곤 다른 방법이 없다는 걸 이미 알기에 막막한, 서러운 순간에 도도 씨가 연락해주었다. 지난 5년 동안 이삭을 봐왔으므로,

자신의 갑작스러운 부재가 이삭에게 어떤 혼란을, 고통을 줄지 도도 씨는 알았을 것이다. 그래서 힘겹게 부탁했을 것이다. 화상통화를 연결해달라고. 그렇게 덤덤히 부서지고 망가진 모습을 드러냈을 것이다. 그렇게 하는 것이 이삭에게 필요하다는 걸 알았을 것이다.

지난 5년 동안 도도 씨를 봐왔으므로, 이삭은 그런 도도 씨를 알았다. 그래서 고마웠다.

이삭은 눈물을 삼키고 디바이스를 주머니에 집어넣고, 얼어서 나무토막처럼 굳어버린 손을 주머니에 찔러 넣고, 주차 타워로 걸어갔다. 도도 씨는 없지만 이삭의 손길을 기다리는 카트들이 있는 곳으로. 성긴 눈송이가 툭, 툭, 떨어졌다. 내일 새벽부터 폭설이 내릴 것이고, 아키연의 거대한 집수 시설이 연꽃처럼 벌어질 것이다.

이삭은 주차 타워에서 수거한 카트를 연결해서 엘리베이터를 타고 내려와 진입로로 이동해서 마트 1층 카트 보관대에 정렬하고 다시 주차 타워로 향하는 일을 쉴 새 없이 반복했다. 이상했다. 혼자 하는 일은 힘들어서 아무 생각도 끼어들 틈이 없는데, 움직이는 매 순간마다 도도 씨의 부재가 스며들었다. 이삭은 자신이 전처럼 이를 악물고 있다는 걸 깨달았다. 입을 벌리자 턱에서 딱딱 소리가 났다. 딱딱하게 굳은 어깨도 아파왔다. 눈앞이 침침해 살짝 비틀거리는데, 막 차에서 내려 본관으로 이어진 통로로 향하던 남녀가 고개를 돌려 이삭을 보았다. 이삭은 아무것도 하지 않았는데도 잘못을 들킨 것처럼 긴장했다. 하지만 그들이 보고 있는 건 카트였다. 이삭이 아니라.

"신기하지 않아? 직접 사람이 밀고 다니는 카트를 아직도 사용한다는 게."

여자가 남자의 팔짱을 끼며 조잘댔다. 그들이 타고 온 차도 자율주행 차였다. 남자가 여자의 허리를 가볍게 안으며 말했다.

"가성비의 문제지."

"무슨 뜻이야?"

"여기도 자율주행 로봇카트를 쓴 적이 있어."

"아, 정말? 난 왜 몰랐지."

"오래가진 않았거든."

"왜? 훨씬 편리하잖아. 알아서 움직이고 스마트 기능도 당연히 장착했을 텐데."

"사람들 때문이야. 로봇카트는 비싸니까 당연히 퀸즈 측에선 영업장 안에서만 이용하도록 명령 키를 걸었겠지? 한데 사람들이 어디 그래? 당장 여기 주차장에 카트 못 가지고 나오면 불편하잖아. 게다가 주위 서민 아파트 사람들은 카트를 집까지 끌고 간다고."

"아하, 맞아. 카트 밀고 가는 사람들 봤어."

"로봇카트는 그게 안 되니까. 사람들이 다시 예전 카트를 내놓으라고 아우성쳤대. 안 보이는 곳에서 로봇카트를 망가뜨리고 비싼 칩을 빼 가는 일도 발생했고. 그렇게 된 거지."

"이해 완료."

두 사람은 웃으며 이삭을 지나쳐 갔다. 그러는 동안 한 번도 이삭을 쳐다보지 않았다. 퀸즈패밀리에 들르는 사람들 눈엔 이삭이 보이지 않는 것 같았다. 어떤 사람은 이삭이 미는 카트가 이동 쓰레기통인 것처럼 빈 캔이나 쓰레기를 툭 던지고 가곤 했다. 음료가 남은 컵을 던지는 바람에 튀어 오른 음료수에 손이나 옷이 젖기도 했다. 가끔 이삭은 정말 자신이 그들 눈에 안 보이는 게 아닌가, 자신이 투명하게 변해버린 건 아닌가 의심하곤 했다. 그들에 대한 의심이 아닌 자신에 대한 의심이었다.

마감조 직원이 오고, 시간은 계속 흘러 힘겨운 하루 일과가 끝이 났다.

이삭은 사무실에 들러 소장에게 도도 씨와 통화한 내용을 보고했다. 사원 숙소는 늘 방 배정을 기다리는 사람들이 있어서 누군가 방을 빼면 관리자에게 알려야 했다. 소장은 한쪽 눈썹을 치켜올리며 심술궂게 웃었다.

"도도 씨가 불임 시술 인센티브를 보태어 장만한 집 아냐? 잘됐네. 이제 이삭, 네가 아침에 카트 가져오면 되겠군."

'불임 시술'과 '인센티브'라는 낯선 두 단어가 이삭의 가슴에 쿡, 박혔다.

"너 FASD랬지? 너도 받을 수 있겠네. 든든하겠다. 뭐야? 눈을 왜 그렇게 떠? 할 말 있어?"

엘사 선생님은 곤란한 표정으로 이삭을 응시하다가 한숨을 쉬었다.

"그래. 너에게 거짓말은 하지 않을게. 이삭, 그런 제도가 있어. 음, 뭐라 해야 되나. 모체가 임신을 하기에 적합하지 않은 문제를 안고 있을 때…. 불임 시술을 받겠다고 하면 시 정부에서 인센티브를 제공하는 제도야. 이건, 음, 태어날 아이의 인권을 위한 제도라고 생각해주면 좋겠다. 하지만 강제적인 건 아냐. 이삭. 절대 그렇진 않단다."

이삭은 멍하니 서 있다가 겨우 입술을 달싹였다.

"소장님은… 제가 FASD니까, 저도 인센티브를 받을 수 있다고… 그럼 엄마도 해당되는 거였네요."

"개새끼."

 엘사 선생님이 붉어진 눈으로 내뱉었다. 이삭은 문득 콕콕 찌르는 듯한 위통을 느꼈다. 그제야 오늘 너무 바빠서 점심을 먹지 못했다는 걸 깨달았다. 배가 고팠다. 태어나지 않을 수도 있었다는 걸 알았는데, 태어나지 않는 편이 좋아서 태어나지 않을 수 있게 돈까지 준다는 말을 듣고 있는데 미친 듯 배고픔을 느끼다니. 사람이란 이런 거구나, 나는 사람이구나, 헛헛한 마음으로 그런 생각을 했다.

 이삭은 짐을 챙기기 위해 사원 숙소로 갔다. 숙소는 각 층 복도 양쪽으로 똑같은 방이 늘어서 있고, 2인 1실인 방에는 이층침대와 침대 양옆에 두 개의 작은 옷장이 있었다. 화장실이 방 안에 있을 뿐 그밖의 공간은 모두 공용이었다. 방에는 창이 없어서 좁은 화장실에서 샤워를 하거나 용변을 보면 환풍기를 돌려도 습기나 냄새가 빠져나가지 않고 오래 머물렀다. 그래서 방문을 열어 환기를 시키는 사람들이 많았고 복도를 지나갈 때면 이런저런 생활의 소음과 풀어진 모습들이 눈에 들어왔다.

 이삭의 짐은 많지 않았다. 퀴즈의 할인 행사 때 마련한 몇 벌의 사복과 속옷, 간단한 화장품, 그리고 엄마의 트렁크가 전부였다. 엄마의 트렁크는 5년 동안 열어보지 않았다. 처음엔 엄마가 돌아올 거란 기대를 품고 있었다. 시간이 흘러 그 딱딱한 소재의 작은 트렁크는 뭔가를 걸쳐두거나 올려두는 가구 노릇을 하고 있었다. 이삭은 자기 짐을 넣은 배낭을 메고 트렁크 손잡이를 빼 끌고 나가려다 머뭇거렸다. 지금 함께 방을 쓰는 사람은 식품 매장 야간 담당 직원이어서 그닥 얼굴을 마주할 일이 없었다. 숙소로 돌아오면 동거인은 출근한 뒤였고 그녀가 쓴 화장실의 꿉꿉한 습기와 화장품 냄새만이 남겨져 있을 뿐이었다. 이삭이 아침에 눈을 뜨면 동거인은 이층침대에서 자고 있었다. 그런 식이었다. 그래도 뭔가 메모를 남겨두는 게 나을까. 이삭은 이런 경우에 판단을 제대로 못 해 시끄러워졌던 경험을 떠올리고 간단히 메모를 써서 화장실 문에 붙여놓았다.

트렁크를 끌고 진입로에 서 있는데 빨간색 차가 이삭 앞에 스르르 섰다. 창이 열리며 다미안이 고개를 내밀었다.

"이삭, 어디 가?"

정직원이 된 뒤에 매니저로 승진했다고 하더니. 자동차를 타고, 퇴근할 집이 있구나. 이삭은 다미안의 건강해 보이는 하얀 얼굴과 붉은 뺨, 반짝이는 눈동자를 응시했다.

"정말 오랜만이네. 이삭, 뷔페에 한번 오라니까. 내 직원 할인권을 준다고 했잖아. 올해 여름 우박 때문에 과일값이 말도 못 하게 올랐잖아. 그래도 우리 뷔페에 오면 디저트로 사과 한 조각은 먹을 수 있어. 세상에 사괏값이 얼만지 아니. 여기서 일하지 않으면 맛도 못 볼 음식들이 많아. 꼭 와. 이삭, 알았지?"

뒤에 선 차가 경적을 울렸다. 다미안은 뒤를 돌아보곤 이삭에게 손을 흔들고 사라졌다. 사과. 사과가 어떤 맛일지 이삭은 상상할 수 없었다. 과일은 너무 비싸서, 사원 식당에선 한 번도 나온 적이 없었다.

이삭은 대로의 건널목 앞에 섰다. 처음이었다. 엄마의 트렁크와 함께 퀸즈에 온 후로 이 선을 넘어 다른 장소로 가는 것이. 매장에 있는 대형 어항 속의 알록달록 작은 물고기처럼, 퀸즈패밀리란 어항이 이삭의 모든 것이었다.

차들이 양방향에서 쌩쌩 달려왔다. 이삭은 겁에 질렸다. 악어 떼가 득시글대는 강을 건너야 하는 새끼 누처럼. 이삭은 어지러워서 눈을 질끈 감았다. 쿰쿰한 숙소의 방으로 달아나고 싶단 생각이 불쑥 들었다. 하지만 이제 그 방은 이삭의 것이 아니었다. 이 강을 건너지 않으면 이삭은 몸을 누일 자리가 없어진다.

천천히 눈을 떠 눈앞의 풍경을 마주하자 이상한 용기가 이삭의 마음 깊은 바닥에서 둥글게 돋아났다. 바람이 불어오고 신호가 바뀌었다. 이삭은 사람들의 물결에 섞여 길을 건넜다.

길가에 늘어선 상가 건물들 사이, 도도 씨가 일러준 골목이 있었고 그 골목을 벗어나자 작은 공원이 나왔다. 그 공원을 감싼 오른팔이 도도 씨의 집이 있는 아파트 단지였고, 왼쪽 팔은 도심을 벗어나는 도로였다. 도로 저편은 벌판이었다.

공원에 사람이 많았다. 사람들이 데리고 나온 개들, 벤치에 옹기종기 앉은 노인들, 산책로를 걷는 여자와 남자들, 철망이 쳐진 작은 축구장에서 공을 차는 아이들. 추위는 아랑곳없다는 듯 사람들은 행복해 보였다. 폭설이 내리기 직전의 습하고 따뜻한 대기가 이불처럼 포근하게 풍경을 감싸고 있었다.

눈앞의 풍경이 너무 평범하고 평화로워서, 몹시도 낯설었다. 영화 촬영장에 잘못 들어온 구경꾼처럼 누군가 이삭을 쫓아낼 것만 같았다.

이삭은 울컥, 서러웠다. 도도 씨는 왜, 한 번도 이삭을 여기 데려와주지 않았을까. 이삭은 그런 생각이 왜 이제야 들었을까.

외곽 도로 너머 벌판, 지평선 위에 뜬 태양이 상한 계란처럼 시뻘겠다. 계속 응시하고 있으니 눈이 시렸다. 극심한 허기 때문인지 몸이 떨려와 이삭은 눈을 감았다. 눈을 뜨면 다시 몽골의 사막에 서 있을 것만 같은 두려움에 사로

잡혔다.

 시공이 종이처럼 접혔다. 너는 자원이 부족한 거야, 이삭. 양분이 너무 부족해서 파삭파삭 소리가 나는 이삭의 시간. 이삭은 그렇게 누구에게도 아무것도, 아무 의미도 아니었다. 그래서 사람들에겐 이삭이 보이지 않았나 보다.

 이삭이 트렁크를 끌며 도도 씨의 아파트 입구에 들어섰을 때, 맞은편 불 켜진 상가에서 누군가 이삭을 불렀다. 이 봐요, 아가씨. 저녁거리 장 봤는가? 우리가 쩌기 마트보다 싸. 우린 생산자 직거래라오. 이삭은 고개를 돌려 가게 주인을 물끄러미 보았다. 키가 작고 머리가 하얗게 센 노인이 상냥하게 웃었다. 오늘 홍합이 싸. 아주 물이 좋아. 저는 요리를 할 줄 몰라요. 이삭의 말에 노인이 호호, 웃었다. 요리랄 게 없어. 내가 다 싹싹 씻어놔서 물 넣고 끓이기만 하면 돼. 연해주 홍합이 유명하지. 세월이 수상해도 그건 안 변했어. 이 바다는 오염되지 않았다오. 알은 크지 않지만 맛이 깨끗하고 달아요. 끓이면 뽀얗게 올라오는 파란 국물이 얼마나 예쁜데.

 이삭은 노인의 말에 귀 기울였다. 노인은 젊었을 때 아름다웠을 거 같았다. 상냥하고 종알종알 말이 많은 처녀였겠지. 누군가 자신을 발견해주고, 말을 걸어주었다는 게 놀라워서, 이삭은 홍합을 샀다. 포실포실 맛있다는 말에 감자도 조금 샀다. 역시 과일은 너무 비싸서 그런지 안 보였다. 다음에 또 말을 걸어주면 그때 물어봐야지. 사과의 맛에 대해. 그리고 할머니처럼 말을 많이 해야지. 할머니가 젊었을 땐 과일이 지금보단 덜 귀했나요? 홍합을 따서 싹싹 씻어 먹듯이 과일을 똑똑 따서 먹어보기도 했나요? 나는 왜 이런 세상에 태어났을까요. 아픈 세상이라 아픈 아이로 태어났을까요. 다 제 잘못 같아요. 인센티브. 불임 시술. 태어나지 않는 게 더 좋았을 아이. 태어나지 않는 대가로 엄마가 많은 돈을 받을 수도 있었던 아이. 저는 왜 살아가는 걸까요. 홍합도 감자도 삶의 무게만큼 묵직했다. 도도 씨의 빈집에 빈손으로 가지 않아서 좋았다. 그 무게가 이삭이 허깨비처럼 도도 씨의 빈집에 녹아들지 않도록 도와줄 것 같아 든든했다.

도도 씨의 집은, 이런 종류의 가정집을 처음 와보는 이삭도 바로 알 수 있을 만큼, 누군가 오래 살아온 집이라기엔 어색했다. 아니, 그냥 집이라기에도 부족했다. 물건을 버리지 않아서 지저분하거나 마구 어지럽혀져 있을 수도 있겠다고 생각했었다. 엄마가 그런 사람이었으므로. 어지럽게 널린 술병, 기분이 내키면 꽤 열심히 해주던 음식, 그리고 나면 너저분한 채 말라붙고 상해가던 식재료들. 떠돌이 생활이었지만 엄마와 함께 있는 공간에선 바로 그런 엄마의 냄새가 났다. 좋은 향기로 기억되진 않아도.

정리라곤 몰랐지만 엄마는, 어딜 가든 기념이 될 만한 예쁜 물건을 챙기곤 했다. 조개껍질이나 조약돌, 낚싯줄에 꿴 무늬가 화려한 유리구슬 목걸이, 수공예품, 유목민 정착지에서 파는 성기게 짠 방석 같은 것들. 엄마의 옷들도 그런 곳에서 구한 것으로 무늬와 색감만은 화려했다. 한동안 머물러 일하던 곳에서 떠날 때면 엄마는 그런 소소하고 하잘것없는 물건들을 트렁크에 챙겨 담았다. 정확한 나이는 모르지만 엄마는 젊었다. 거칠고 남루한 옷을 입고 엉킨 머리칼을 질끈 묶고 있어도 그 젊음은 아랑곳없이 반짝였다. 그리고 술에 잠식되어 있었다.

어쩌면 이삭은 도도 씨의 집에서 도도 씨가 어떤 사람인지 조금은 더 알게 될 거라고 기대했는지도 모른다. 두 개의 방과 화장실, 주방과 이어진 거실로 된 집이었다. 이삭은 한 번도 살아보지 못한. 하지만 도도 씨의 집은 어떤 사람이 잠시만 머물러도 생겨나는 고유한 냄새, 고유한 개성이 결여되어 있었다. 거실엔 소파만 덩그러니 있을 뿐, 벽에는 티브이도 액자 한 개도 걸려 있지 않았다. 방이나 주방, 거실 어디에도 사진 액자 하나 없었다. 바깥과 면한 통

창에는 짙은 회색 커튼이 쳐져 있었다. 주방에는 이 집에 딸려 있었을 냉장고와 전기 레인지, 간단한 주방 용품이 있을 뿐이었다. 식탁조차 없었다. 침실에는 일인용 침대와 붙박이장이 있을 뿐 거울도 화장대도 없었다. 옷걸이에 걸린 옷과 소소한 생활용품들은 퀸즈패밀리 오리지널 브랜드였다. 서러웠던 마음에 울컥, 각혈처럼 슬픔이 고였다. 누군가를 초대하거나 초대받는 것. 이삭이 생각도 못 해본 것처럼 도도 씨도 그랬을까.

사람들은 자기만의 고유한 공간을 갖기 위해 집을 얻지만, 도도 씨에게 집은 누구와도, 아무런 기억도 만들지 않으려고 선택한 유배지였는지도 모른다. 날기를 포기한 도도새처럼.

이삭은 손에 든 홍합과 감자를 냉장고에 넣었다. 허기도 못 이길 만큼 피로가 덮쳐왔다. 트렁크는 대충 아무 데나 두고, 소파에 털썩 주저앉았다. 앉은 자리가 우묵했다. 도도 씨가 그 자리에 자주, 오래 앉아 있었다는 뜻이었다. 도도 씨가 여기 정말 살긴 살았구나. 이삭은 안심되는 기분이었다. 퇴근해 돌아오면 이렇게 소파가 우묵해지도록 여기 앉아 있었나. 앉아서 무얼 했나. 이삭은 텅 빈 벽을 오래 응시했다. 이삭은 고개를 돌려 커튼이 빈틈없이 막아놓은 창을 보았다. 커튼은 단 한 번도 걷힌 적이 없어 보였다. 이삭은 벌떡 일어나 걸어가서 커튼을 열어젖혔다. 커튼이 저항하듯 뻑뻑하게 움직였다. 빛의 침입에 공간이 놀라서 술렁였다.

아직 들판 끝에 걸려 있는 태양의 노란 옷자락이 거실 바닥에 길게 드리워졌다. 무채색 공간에 덧칠해진 색이 예쁘단 생각에 이삭은 미소 지었다. 이삭은 트렁크를 창가로 가져가 걸터앉아서 창밖을 내다보았다. 공원에 가로등이 켜지고 아이들은 여전히 놀고 있었다. 축구장에서 공을 차며 노는 아이들이 잘 보였다. 아이들은 춥지도 않은지 큰 소리로 웃고 떠들며 공을 뻥뻥 찼다. 골키퍼를 맡은 아이가 손 아프다고 투덜대며 욕설을 뱉었다.

그 순간 깊숙한 곳에 가라앉아 있던 기억 하나가 떠올랐다. 일곱 살이나 여덟 살쯤. 이삭은 운동신경이 떨어지고 어수룩해서 따돌림을 당하기 일쑤였다. 그래도 아이들 수가 적어서 놀 때에 이삭을 끼워주기도 했다. 어느 눈 내리는 날이었다. 낡은 공 하나로 축구를 했다. 아이들은 이삭이 골키퍼를 잘한다고 추켜세우며 골대 앞에 세워놓았다. 이삭은 우쭐해서 열심히 공을 막았다. 공을 아주 잘 막았다. 지금 생각해보면 아이들이 이삭을 피해 공을 찼다기보단, 이삭을 겨냥해 찼던 것 같지만 아무튼 이삭은 공을 열심히 막았다. 아이들이 뻥뻥 찬 공을 막느라 손바닥이 빨개졌다. 얼굴에도 여러 번 맞았다. 뺨이 터지는 것처럼 아팠다. 자기들끼리 공을 돌리느라 한참 동안 공이 오지 않기도 했다. 우두커니 서 있으니 온몸이 거꾸로 자라는 고드름이 된 기분이었지만 꾹 참았다. 아이들이 노는 데 끼워줘서, 골키퍼를 시켜줘서, 잘한다고 해줘서 이삭은 행복했다. 이윽고 모두 각자의 집으로 돌아갔다. 건축 자재용 모래 가공 공단에 있는 노동자 가족 주거동이었다. 엄마는 첫 번째 술병을 막 비운 참이었다. 온기가 있는 장소로 돌아오니 얼었던 손발이 녹으면서 찌르는 듯한 통증이 엄습해왔다. 이삭은 엄마의 기분을 살폈다. 기분이 나빠 보이면 피해야 했다. 미친 듯 화를 내기도 하고 가끔은 손찌검을 하기도 했으니까. 엄마의 기분이 나쁘지 않은 걸 알고 시뻘게진 손을 흔들며 이삭은 엄마에게 달려갔다. 엄마, 내가 골키퍼였다? 엄청 잘 막는다고 그랬어. 엄마는 물기 어린 눈으로 이삭의 통통 부은 뺨과 도축해 걸어놓은 고깃덩이처럼 시뻘게진 손을 물끄러미 보았다.

…골키퍼만 했다고? 지금껏…?

엄마가 조용히 물었다. 이삭은 고개를 힘껏 끄덕였다.

내가 공을 다 막았어.

엄마는 이삭의 손을 모아 두 손으로 감쌌다.

…못된 새끼들.

엄마는 낮은 목소리로 뇌까렸다. 엄마는 나무로 불을 지피는 원시인처럼 이삭의 손을 오래오래 비비고 또 비볐다. 그게 좋아서 다소곳이 앉아 있던 이삭은 손등 위로 툭, 떨어지는 물방울에 깜짝 놀라 고개를 쳐들었다. 엄마가 입술을 앙다문 채 잔뜩 일그러진 얼굴로 소리 없이 울고 있었다.

엄마? 엄마, 왜 울어?

작은 소리로 묻다 그예 서로 끌어안고 엉엉 울고 말았었다. 차갑던 밤, 아직 고운 얼굴과는 달리 사막의 고사목처럼 메마르고 거칠던 엄마의 손. 꼭 껴안은 둥글고 따뜻한 두 몸뚱이. 잊었던 우물에서 길어낸 기억은 신비롭게도 아직 온기가 남아 있었다.

이삭은 앉아 있던 트렁크에서 조용히 일어났다. 지퍼는 못마땅한 듯 지익지익 듣기 싫은 소리를 내며 오래 다물고 있던 입을 벌렸다.

눈에 익은 사물들이 울적하게 모습을 드러냈다. 답답한 어둠 속에 오래 유폐되어 있던 그것들은 갑작스레 빛에 노출되어 불편하고 의기소침해 보였다. 엄마가 걸치던 옷가지는 기억보다 더 남루해서 가슴이 저려왔다.

이삭은 장식품과 장신구를 들고 천천히 돌아다니며 적당한 장소에 놓았다. 엄마가 그랬듯이. 엄마는 떠돌이 생활을 하면서도 그것들을 몇 번이고 챙겨서 짐을 싸고, 새롭게 머물게 된 장소 여기저기에 널어놓았다. 볼 수 있는 곳에 두고 자주 봐야지. 언제 어떻게 될지도 모르는데. 그렇게 말하면서.

엄마의 물건을 하나씩 놓아갈수록, 이삭은 알 수 있었다. 엄마가 이제 아무것도 모으지도, 모은 것을 소중히 늘어놓지도 않으리란 걸.

이삭은 도도 씨가 부탁한 상자가 붙박이장 아래 있다는 걸 떠올렸다. 도도 씨의 부탁을 들어줄 마음은 없었다. 상자는 도도 씨가 돌아올 때까지 거기 그 자리에 계속 있을 것이었다. 그다음 선택은 도도 씨 몫이었다.

이삭은 주방으로 가서 냉장고를 열고 감자와 홍합을 꺼냈다. 다행히 소금은 있었다. 이삭은 디바이스를 켜서 감자 삶는 법과 홍합탕 끓이는 법을 익혔다. 싱크대를 뒤져서 냄비를 찾고 감자를 씻었다. 태우지 않으려면 잘 지켜봐야겠다고 생각했다. 감자는 포슬포슬 잘 익으며 깜짝 놀랄 만큼 맛있는 냄새를 풍겼고, 홍합은 보글보글 끓으면서 노인의 말대로 참 예쁜 색깔로 우러났다. 이삭은 습관대로 습기를 제거하기 위해 창문을 열었다. 오래 갇힌 공기가 흠칫 놀라며 잔뜩 웅크렸다가 용기를 내어 훨훨 달아났다. 밤하늘을 올려다보았다. 별이 많았다. 모래시계처럼 생긴 별자리. 저건 몽골에서도 겨울밤에 볼 수 있는 오리온자리다. 짧게 다녔던 이동학교에서 별자리에 대해 배웠었다. 창을 닫은 뒤 이삭은 밤하늘을 보며, 트렁크를 밥상 삼아 찐 감자와 홍합탕을 먹었다.

도도 반장님.

이삭은 도도 씨를 불러보았다. 함께 보는 별이 마음을 전하도록 간절히.

잘 자고 있나요? 아님 아직 잠들지 못하고 뒤척이나요? 저는 잘 자겠습니다. 잘 자고 일어나 공원을 가로질러 출근하겠습니다. 반장님 없이 혼자 일하는 건 너무 힘들지만 힘을 내보겠습니다. 새로 신입이 들어오면 반장님에게 배웠던 운전 기술을 가르쳐줄게요. 아마 저보단 빨리 배우겠지요? 일을 마치면 지쳐서 말할 힘도 없겠지만 집으로 돌아가려고 서두를 거예요. 차들이 나를 덮치지 않고 가만히 기다려줄 것을 믿으며 녹색 불에 길을 건널 겁니다. 그리고 집 앞 가게에서 할머니가 권해주는 식재료를 사서 저녁을 지어 먹을 거예요. 계란을 잘 깨지 못하고 국수를 삶을 줄도 모르지만 당신이 그랬듯 내가 잘하게 될 때까지 기다려줄 겁니다. 소리 지르며 무섭게 하지 않을 테니까 마음 편히 하라고 다독일 거예요. 내가 만든 음식들은 매일 새로운 냄새를 집 안에 배게 하겠지요. 그러곤 별을 보며 저녁을 먹을 거예요. 오리온자리는 가장 찾기 쉬운 별자리입니다.

그러니 돌아오세요. 저는 집을 잘 돌보며 기다리겠습니다. 도도새는 날지 못하니까, 아주 천천히 오셔도 괜찮습니다.

문답 | 배미주

너는 자원이 부족한 거야, 이삭. 양분이 너무
부족해서 파삭파삭 소리가 나는 이삭의 시간.
이삭은 그렇게 누구에게도 아무것도,
아무 의미도 아니었다. 그래서 사람들에겐
이삭이 보이지 않았나 보다.

> '모계 전승'이라는 화두 안에는 아주 긴 세월과 수많은 삶들, 그리고 상당히 강인하고 끈끈하고 거칠기도 한 여러 갈래의 생각과 심상이 담겨 있습니다. 이 작품집을 제안받았을 때 어떠셨나요?

제 첫 동화집에 「웅녀의 시간 여행」이란 단편 동화가 있습니다. 사람으로 변한 곰 웅녀와 결혼했던 하늘신의 이야기를 비튼 것인데요. 대지의 신인 웅녀는 겨울잠을 자는 동안 미래를 보는 힘이 있습니다. 웅녀는 미래를 보고 와서 하늘신에게 "네가 곰이 되어라."라고 말합니다. 미래를 바꾼 것입니다. 제 동화 속 웅녀는 인간이 되기 위해 백일 동안 동굴에서 마늘과 쑥을 먹으며 견디고 인내한 곰이 아니라, 대지의 신이며 뭇 생명의 어머니입니다.

처음 떠오른 것은 그런 신성한 권위의 상징으로서 곰 엄마, 무리를 이끄는 늙고 지혜로운 할머니 코끼리와 같은 가모장의 심상이었습니다. '한'보다는 '힘'이 있는 이야기를 쓰고 싶었던 것입니다.

한편으로 현실에서 오랫동안 모성 신화는 어머니란 이름에 희생과 헌신과 완벽함이라는 이미지를 덧씌우고 강요해왔습니다. 불완전하게 태어나 미숙한 채로 어른이 되듯이 '엄마'도 마찬가지입니다. 엄마가 되어 아이를 키워본 사람이라면 자신의 장점뿐만 아니라, 단점과 결핍이 아이에게 일정 부분 투사된 걸 보게 됩니다. 때로 사랑도 언어도 폭력성을 함유하고 있고, 때로 관계는 슬프고 고단합니다. 모성에 덧씌워진 단단한 껍질을 벗은, 있는 그대로의 모습이 제게 떠오른 또 하나의 심상이었습니다.

처음 구상한 이야기는 가모장에 대한 것이었으나 주어진 분량 안에 이야기를 담는 데 실패했습니다. 저의 시선은 그 주변부로 향했습니다. 의도의 실패에 의해 '이삭의 이야기'는 탄생했습니다. 이삭에게 권력은 없지만, 도움의 손길과 온기 속에서 상처를 회복해가는 내면의 힘이 담긴 이 이야기를 저는 아끼고 좋아합니다.

> 모래 폭풍이 불어오는 몽골, 바다 건너 대륙에서는 1년째 산불이 꺼지지 않고, 한반도가 전쟁 중인 와중에 혹한과 폭우가 반복되는 연해주. 이 작품의 배경은 어떻게 선택하셨나요?

저는 늘 이야기를 쓸 때, 그 이야기가 움직이는 공간을 먼저 상상하는 것 같습니다. 공간의 상상력은 저에게 아주 중요한 요소입니다. 소설 속 이삭의 어머니의 모국인 한국도, 이삭이 어린 시절을 보낸 몽골도, 연해주도 변화한 미래의 한 풍경을 담고 있습니다.

미래는 현재와 연결되어 있습니다. 끊이지 않는 잔인한 전쟁. 지금 세계는 그걸 막을 힘이 없어 방관하고 있고 한반도는 주요한 전쟁 위험 국가이며 지구 온난화는 수많은 재앙과 더불어 몽골의 사막화를 부추기고 있습니다. 제 소설의 풍경은 그러한 미래가 현실로 다가오지 않길 바라는 작은 경고입니다.

세계의 위태로움 속에 살아가는 여자들에게 독립적이고 안전한 공간을 마련해주고 싶었던 것 같습니다. 판타지가 아닌 현실의 지도에 존재하는 장소로 말입니다. 폐허에서 꿋꿋이 일구어낸 땅, 독립 도시 연해주가 그렇게 탄생했습니다.

| 도도 씨와 이삭은 서로에게 어떤 의미일까요.

미디어 속 삶은 화려하지만 현실에는 불안한 미래, 각박하고 폭력적인 세상에서 파삭파삭 소리가 나는 일상을 힘겹게 버티는 '에너지가 낮은 이들'이 많습니다. 이삭은, 지금 이십 대를 살아가는 청춘의 마음을 대변하고 있습니다.

이삭과 도도 씨는 현재와 미래가 서로에게 건네는 작은 온기, 쓸쓸한 연대가 아닐까요. 이삭에겐 도도 씨가 상냥하지 않아서, 너무 많은 걸 주려 하지 않아서 그냥 조용히 옆에 있어서 더 좋지 않았을까 싶습니다.

| 이 작품은 '집'에 대한 이야기로 읽힙니다. 이삭은 경유지에 남겨졌습니다. 그는 퀸즈패밀리에서의 5년을 "삶에서 유일무이하게

> 평화롭고 안전한 시간"이라 말하지만, 그곳은 "온기는 없어도 바람을 막아주는 벽"일 뿐입니다. 도도 씨에게 그의 집은, 유배지였던 것 같습니다. 이들에게, 또 작가님에게 '집'은 어떤 의미인가요?

집이란 무엇일까요. 휴식과 재충전의 공간, 집을 유지하기 위한 노동의 공간, 함께 사는 사람들과 대화하고 함께 밥을 먹고 일상을 나누는 공간, 때론 작업실, 때론 그저 잠을 자고 배고픔을 때우는 공간, 안전하다고 느끼는 곳, 때론 상처를 주고받는 곳…. 집이 가족을 위한 공간이라면, 집에 함께 사는 사람은 누구라도 가족 비슷한 무언가가 될 수도 있다는 생각이 듭니다. 역시 집이라면 뭔갈 만들어서 나누어 먹는 곳이 아닐까요.

> 이 작품을 읽을 여성 독자에게 한말씀 부탁드립니다.

당신이 이야기라면, 당신 안에는 오래되었거나 아직 어린, 무수한 이야기들이 녹아 있습니다. 당신이 여성이라면, 당신 안에는 오래된, 또는 새롭게 의미 지어진 숱한 여성성이 스며 있습니다. 당신이 한 알의 이삭처럼 외롭다면 이 작은 책을 통해 우리가 영원히 우리로 연결되어 있음을 느껴주었으면 합니다.

엄마의 마음

정보란

완(完)이 초경을 시작했을 때 여자가 나타났다. 완은 열세 살이었다. 여자는 완에게 딸을 낳으라고 말했다. 어머니는 아무 말도 하지 않았다.

열 살 즈음 완은 학교에서 월경과 임신에 대한 수업을 들었다. 그날은 선생님 대신 반 친구의 어머니가 와서 수업을 했다. 여자아이들만 교실에 남고 남자아이들은 다른 반으로 갔다. 그 다른 반에는 모르는 강사 선생님이 와서 남자아이들 수업을 했다고 들었다. 남자아이들이 어떤 수업을 들었는지 완의 친구들은 궁금해했다. 친구 엄마보다는 모르는 선생님 수업이 더 재미있었을 것이라고 아이들은 부러워했다. 이미 월경을 시작했다고 말하는 아이들도 있었다. 월경이 무엇인지, 생리대를 어떻게 사용하는지, 아기가 어떻게 생기는지 대부분의 아이들은 인터넷에서 찾아봐서 알고 있었다. 수업을 대신한 사람이 친구 엄마였기 때문에 아무도 질문을 하지 않았다. 아이들이 물어보고 싶은 것은 따로 있었다. 그러나 친구 엄마에게 물어볼 만한 내용은 아니었다. 아마 그래서 선생님들이 친구 어머니에게 수업을 부탁했을 거라고 완은 나중에 생각했다.

"우리 엄마도 어렸을 때 생리통이 심했대."

친구는 말했다.

"그런데 나 낳고 나서 없어졌대."

친구는 어색한 듯, 그러나 조금 뿌듯한 듯 웃었다.

어머니와 생리통에 대한 이야기를 나누는 장면을 완은 상상할 수 없었다. 완은 어머니와 그런 이야기를 하지 않았다. 어머니와 이야기해도 되는 주제는 정해져 있었다. 가벼운 것. 일상적인 것. 필요한 것. 식사. 생활. 학교. 교통. 친구. '평범'이 무엇인지 완은 어머니와 대화를 시도하며 배웠다. '평범'에서 벗어나는 것에 대해서는 말할 수 없었다.

아주 어렸을 때 완은 가끔 아버지에 대해 물어보았다. 어머니는 곧바로 대답하지 않았다. 아버지는 죽었다. 아버지는 없다. 그것이 대답이었다. 아버지는 '평범'에 속하지 않았다. 적어도 완의 집에서는 그랬다.

"저 집 여자들은 애비 없는 애만 낳아."

동네 할머니가 그렇게 말하는 것을 들은 적이 있었다.

그때 완은 아주 어렸다. 그래서 '여자들'이 무슨 의미인지 완은 묻고 싶었다. 완이 아는 '여자들'은 어머니와 자기 자신이었다. 어머니는 아버지 없이 자신을 낳았다. 그러나 완 자신은 아직 아이였고 그러므로 아이를 낳은 적이 없었다. 그 외에 '여자들'이 또 있다는 의미일까?

…임신했으나 출산하지 못한 여성이 죽어 귀신이 된 것으로 알려진다. 혹은 결혼하지 않고 임신한 여성이 출산하는 도중에 죽어 한을 품어 귀신이 되었다는 이야기도 있다.

동네 할머니는 완을 좋아하지 않았다. 어머니는 동네 할머니를 좋아하지 않았다. 그래서 완은 듣지 못한 척 최대한 빨리 걸어서 집으로 돌아왔다. 완은 듣지 못한 척해야 할 때가 많았고 그런 일에 익숙해져 있었다.

"엄마는 해도 되고 나는 안 돼?"

여자가 어머니에게 소리 질렀을 때도 완은 듣지 못한 척했다. 여자와 어머니는 방 안에 있었다. 방문이 닫혀 있지만 거실까지 소리가 다 들렸다. 완은 이어폰을 끼고 있었다. 그저 끼고만 있었다. 이어폰의 전원을 끄고 화면을 보는 척하며 완은 온 신경을 방문에 집중했다.

마침내 여자가 방에서 나왔다. 어머니도 잠시 후에 내키지 않는 듯 따라 나왔다. 완은 조심스럽게 이어폰을 귀에서 빼냈다. 어머니를 쳐다보았다.

"어머니가 아니야."

여자가 말했다.

"이 여자는 네 할머니야. 네 엄마는 나야."

여자는 완에게 얼굴을 바짝 대고 찬찬히 들여다보며 낮은 목소리로 말했다.

"그러니까 넌 딸을 낳아야 해."

첫딸이 딸을 낳지 않으면 그 어머니가 죽는다. 첫딸은 딸을 낳아 어머니에게 삶을 보장해주어야 한다. 그것이 딸의 의무이다. 그리고 그 딸의 딸이 다시 또 딸을 낳아 어머니의 목숨을 보장한다. 그렇게 여자에게서 여자로 생명이 이어진다. 여자가 웃으며 상냥하게 설명했다.

"나는 너를 낳아서 내 엄마를 살렸어."

완은 어머니를 쳐다보았다. 어머니는 입을 꼭 다물고 시선을 돌렸다.

"그러니까 이젠 네 차례야."

여자는 젊고 아름다웠다. 여자가 말을 마치고 다시 싱긋 웃었다. 여자 옆의 검은 형체도 완을 바라보며 미소 지었다. 완은 멀리서 날카롭고 귀에 거슬리는 소리가 희미하게 울리는 것을 들었다.

"언제요?"

마침내 완이 물었다. 완은 열세 살이었다. 아이를 낳는다는 것은 먼 미래의 일로만 여겨졌다. 언젠가는 일어날 일이라고 생각했다. 결혼해서 아이를 낳으면 그것이 행복하게 사는 것이라고 완은 막연하게 믿었다. 어쨌든 그것은 먼 미래였다.

"빨리."

여자가 말했다.

"지금 당장이면 더 좋겠지."

말하며 여자는 눈을 찡긋했다. 어머니는 웃지 않았다.

"최대한 빨리 해치우면 너도 그만큼 빨리 자유로워질 테니까."

완은 여자 옆의 검은 형체를 쳐다보았다. 검은 형체의 회색 입술이 천천히 말려 올라갔다. 검은 형체가 의미심장하게 고개를 저었다.

날카롭고 귀에 거슬리는 소리는 희미하지만 끈질기게 계속해서 들려왔다.

여자가 한 말을 확인할 방법은 한 가지밖에 생각할 수 없었다. 완은 인터넷에서 여러 가지 증명서를 찾아냈다. 어머니가 은행 거래용 인증서를 어디에 보관하는지는 이미 알고 있었다. 완은 어머니의 인증서를 사용해서 어머니 대신 은행 서류를 출력해본 적도 있었다. 잠시 후에 완은 아버지와 어머니의 이름과 주민등록번호, 자신의 등록기준지, 자신의 출생 장소가 적힌 증명서를 손에 넣었다.

'부'라는 칸에 적힌 아버지의 이름을 그때 완은 처음 보았다. 어째서 이제까지 이 방법을 사용할 생각을 못 했는지 완은 스스로 이상하게 여겼다.

'모' 옆에 적힌 이름은 낯설었다. 완이 아는 어머니의 이름이 아니었다.

인터넷 지도로 찾아본 완의 출생 장소는 현재 유료 주차장이 되어 있었다. 등록기준지는 태어나서 처음 들어보는 지역이었다. 길 찾기 검색을 해 보니 시외버스를 타고 내려서 시내버스를 갈아타면 다섯 시간 정도 걸렸다. 로드뷰를 찾아보니 산이 나왔다. 로드뷰 화질이 몹시 나빴지만 구불구불한 나무가 녹갈색으로 말라붙은 잡초 위에 불길하게 가지를 드리운 모습은 분별할 수 있었다.

완은 조금 고민했다. 그리고 사회관계망 서비스에 들어가 쪽지 기능을 사용해서 학교에서 유명한 아이에게 말을 걸었다. 아이가 요구하는 대로 쿠폰을 보냈다. 한참 기다린 뒤에야 답변이 돌아왔다.

─ 죽었대

― 누가?

완이 되물었다. 상대방은 짧게 대답했다.

― 그 주민등록번호

그것으로 끝이었다.

완의 어머니는 여러 증명서에 따르면 완의 어머니가 아니었다. 아버지는 더 이상 찾을 수 없었다.

완은 담임 선생님에게 여자에 대해 말했다. 그 외에 누구에게 말해야 할지 알 수 없었다. 담임 선생님은 가정방문을 실시했다. 어머니는 일하러 가서 집에 없었다. 여자는 담임 선생님이 들어오자 피우던 담배를 식탁에 비벼 껐다. 담임 선생님이 기침을 하며 손사래를 쳤다. 여자는 식탁 앞에 앉은 채로 움직이지 않았다. 완이 돌아다니며 창문을 모두 열었다.

"저는 완이 이모예요."

여자가 담임 선생님에게 말했다. 말하면서 여자는 웃었다. 완에게 딸을 낳으라고 했을 때와 같은, 싱그럽고 매력적인 웃음이었다.

"지금 잠깐 큰언니 집에서 지내고 있어요."

담임 선생님은 여자가 하는 말을 꼼꼼하게 수첩에 적었다. 그리고 물었다.

"무슨 일을 하세요?"

"대리운전 기사예요."

여자가 대답하면서 다시 싱긋 웃었다.

"네… 그러시구나…."

담임 선생님은 다시 수첩에 열심히 뭔가 적었다. 그러면서 완을 흘끗 쳐다보았다.

완은 여자의 말이 사실인지 아닌지 답변할 수 없었다. 여자는 밤낮을 가리지 않고 마음 내킬 때면 어디론가 나갔다. 그랬다가 아무 시간대에나 집에 들어왔다. 완은 여자가 어디를 다녀오는지 묻지 않았다. 여자가 다시 그 싱그럽고 매력적인 미소를 지을까 봐 완은 두려웠다. 그래서 어머니에게 물었다. 어머니는 이렇게 말했다.

"난들 알겠니."

그리고 어머니는 시선을 돌렸다.

"걔가 뭐 하고 다니는지 굳이 알려고 하지 마."

그래서 완은 담임 선생님의 시선을 피했다. 여자는 그런 완을 보며 다시 미소 지었다. 완은 여자 옆에 보이던 검은 형체가 보이지 않는다는 사실을 깨달았다.

그 순간 날카로운 소리가 귀청을 찢을 듯 울렸다. 완은 귀를 막고 비명을 질렀다.

"왜 그러니? 어디 아파?"

여자가 달려와서 완을 껴안았다. 그리고 상냥하고 조심스럽게 부축해서 식탁 의자에 앉혔다. 여자에게서 담배 냄새가 심하게 풍겨와서 완은 숨을 제대로 쉴 수 없었다.

"어디가 아프니?"

여자가 부드러운 어조로 다시 물었다. 그리고 완이 대답하기 전에 담임 선생님을 보며 말했다.

"생리 시작하고 나서 가끔 이래요. 여성호르몬 때문에 편두통 생기는 경우가 있다는데 큰언니한테 말해서 병원에 한번 데려가라고 해야겠어요."

담임 선생님은 완을 여자에게 맡기고 가정방문을 마쳤다.

"나중에 학교에서 얘기하자."

담임 선생님의 말투와 표정에서 완은 도움을 기대할 수 없다는 사실을 충분히 깨달았다.

담임 선생님이 나가자 여자는 곧장 다시 담배에 불을 붙였다.

"요즘 애들 같지 않게 순진하네. 담임이라니."

여자가 후, 하고 담배 연기를 뿜으며 웃었다.

철판이 찢어지는 듯한 날카롭고 귀에 거슬리는 소리가 다시 천둥처럼 들려왔다. 완은 비명조차 지르지 못했다. 양손으로 귀를 막고 무너져 바닥에 뒹굴었다.

"쇼 그만해라. 담임 갔다."

여자가 완을 내려다보며 말했다. 완은 듣지 못했다.

여자가 담배를 다 피울 때까지 완은 바닥에 웅크린 채 양손으로 귀를 막고 있었다. 여자가 또다시 식탁에 담배를 비벼 끄고 일어나 어디론가 나가버렸다. 여자가 현관 밖으로 사라지자 찢어지는 듯한 소리가 멈추었다.

다음 날 학교에 갔을 때 반장이 완의 앞을 막고 물었다.
"너네 이모가 엄마라며?"
완이 대답하기 전에 뒤에서 다른 아이가 큰 소리로 말했다.
"쟤네 아빠 죽었대!"
찢어지는 듯한 날카로운 소리가 희미하게 들려왔다. 완은 주위를 둘러보았다.

반장과 반장의 패거리가 둘러싸고 있었다. 완은 포위되었다.
"이모가 어떻게 엄마야?"
반장이 다시 물었다.
"너네 아빠하고 할머니하고 떡 쳤어?"
"그러면 이모가 엄마가 아니지. 엄마가 언니지."
또 다른 아이가 옆에서 반장의 질문을 고쳐주었다. 찢어지는 듯한 날카로운 소리는 아주 조그맣고 가늘지만 끈질기게 들려왔다.

"그럼 어떻게 이모가 엄마야?"

반장이 다시 물었다. 완은 반장의 등 뒤에 검은 형체가 어른거리는 것을 보았다.

"너네 아빠 누구랑 떡 치다 죽었어?"

반장이 물었다. 반장 뒤에서 검은 형체가 회색 입술을 말아 올리고 웃음 지었다.

완은 팔을 뻗어 가장 가까운 머리채를 잡았다.

…아름다운 젊은 여성의 모습이며 길고 검은 옷을 입고 긴 머리카락을 늘어뜨려 등에 난 구멍을 가리고 다닌다. 등에 구멍이 난 이유에 대해서는 다양한 해석이 있다. 살해당할 때 등을 공격받았기 때문에 구멍이 생겼다는 이야기도 있다. 이 때문에 억울한 죽음에 한을 품고 귀신이 되어 이승을 떠나지 못하고 원한을 풀기 위해 살아 있는 사람을 공격한다는 것이다. 혹은 아이를 임신한 채로 사망했기 때문에 무덤 속에서 아이가 죽은 엄마의 등을 찢고 태어나서 귀신의 등에 구멍이 생겼다는 설도 있다.

둘러쌌던 아이들이 한꺼번에 완에게 덤볐고 비명 소리를 들은 선생님이 달려와서 상황은 빠르게 마무리되었다.

사회봉사는 학교폭력 사건의 가해 학생에게 내려진 징계 조치라는 관점에서 보면 사실 완이 상상했던 것만큼 짜증 나지 않았다. 완은 동네 작은 도서관에 가서 먼지투성이 책 무더기를 정리해야 했다. 책을 정리하다 표지가 특이하거나 제목이 재미있어 보이면 펼쳐서 읽었다. 완이 일하지 않고 책을 읽고 있어도 아무도 확인하거나 잔소리하지 않았다.

사회봉사가 끝나고 학교에 가는 길에 반장 무리가 또다시 완을 에워쌌다. 완은 골목으로 몰렸다. 가방을 뺏겼다. 주먹과 발길이 날아들었다. 완은 몇 번이나 도망치려 했다. 팔다리를 붙잡혔다. 반장이 완의 얼굴 앞에 바짝 다가왔다. 완의 머리채를 잡고 반장이 큰 소리로 물었다.

"그러니까 네가 먼저 잘못한 건 인정하는 거지?"

완은 몸부림쳤다. 머리카락이 뽑혀나가며 반장은 완을 붙잡을 곳을 잃었다. 잠시 자유로워진 그 순간에 완은 이마로 반장의 얼굴을 들이받았다. 반장이 뒤로 쓰러졌다. 완은 반장에게 온몸으로 덤벼들었다.

초승달이 뜬 밤에 주로 출몰하여 남자를 유혹한다. 상대방이 그 아름다움에 홀려 제정신을 잃으면 어두운 곳으로 데려가서 손톱으로 목을 찢고 피를 빨아먹는다. 지역에 따라서는 긴 손톱으로 배를 가르고 내장을 빼 먹는다는 설도 있다.

완이 정학당했다는 사실을 알고 어머니는 집을 나갔다.
"네 아이니까 이젠 네가 키워."
어머니는 여자에게 이렇게 말했다. 여자는 대답 대신 싱긋 웃었다.
완이 어머니를 붙잡았지만 소용없었다.
"너도 빨리 딸을 낳아라."
어머니는 떠나기 전에 완에게 이렇게 말했다.
"빨리 해치우고 도망쳐."
그리고 어머니는 조그만 가방 하나만 들고 서둘러 사라져버렸다.
여자는 왠지 기쁜 것 같았다.
"그럼 이제 학교 안 가도 되지?"
여자가 말했다.
"내일 나랑 같이 둘이서 여행 가자."
완은 거부하고 싶었다. 여자 뒤에 서 있던 검은 형체가 완 대신 천천히 고개를 저었다. 완은 몇 번이나 들었던 가느다랗고 날카로운 소리가 희미하게 다시 들려오는 것을 느꼈다. 여자와 함께 검은 형체가 나타나고 나서 계속 들리게 된 소리였다.

완은 잠들지 못했다.

"당신이 내 아빠예요?"

완이 검은 형체에게 물었다. 검은 형체는 대답하지 않았다. 긁는 듯, 찢는 듯한 소리를 완의 귓가에 가늘고 희미하게 속삭일 뿐이었다.

"날 데려가려고 온 거예요?"

완은 대답을 얻지 못했다.

검은 형체가 사라져버린 뒤에도 가느다랗고 날카로운 소리는 귓가에 남아 있었다. 완은 누운 채로 천장을 쳐다보았다.

여자가 자신을 어디로 데려가려는 것인지 알 수 없었다. 여자가 시키는 대로 따라갔다가 혹시 임신하게 되는 것인지 완은 두려웠다. 집을 나가서 혼자 살 방법을 열심히 궁리해보았다. 그러나 아무리 머리를 쥐어짜도 뾰족한 답이 떠오르지 않았다. 완이 아는 한 친척은 없었고 아버지는 이미 죽었다. 그래서 완은 고아원 등의 보육시설에 입소하는 방법을 검색했다. 시·도지사 또는 시장·군수·구청장이 완에게 특별보호가 필요하다고, 여자가 완을 어디론가 데려가서 임신시키기 전에 어서 빨리 말해줄 것 같지는 않았다. 스스로 시설에 입소하려면 완이 부모에게 학대당했다는 사실을 증명해야 했다. 완은 담임 선생님이 가정방문을 왔던 때를 떠올렸다. 그다음 날 담임 선생님은 쉬는 시간에 완을 불러 조용히 말했다.

"이모님이 담배는 좀 많이 피우지만 그래도 나쁜 사람은 아닌 것 같던데, 좀 참고 같이 지내다 보면 너도 마음을 열게 될 거야."

완은 미성년자 앞에서 줄담배를 피운다는 사실이 학대에 해당하는지 검색했다. 별다른 결론을 찾지 못한 채로 날이 밝았다.

여자는 늦게 일어났다. 오후에 접어든 시간에 여자는 아파트 주차장으로 내려가 처음 보는 자동차에 익숙하게 올라탔다.

"타."

여자가 조수석 문을 열고 완을 바라보았다. 완은 망설였다.

"안 잡아먹어."

이렇게 말하고 여자는 싱그럽고 매력적인 미소를 지었다. 뒷좌석에서 검은 형체가 완을 바라보았다. 희미하게 긁는 듯한 소리가 가느다랗고 날카롭게 완을 불렀다.

완은 조수석에 탔다. 여자가 완의 몸 앞으로 팔을 뻗어 차 문을 닫았다.

차를 타고 가는 도중에 완은 자신도 모르게 잠들었다. 흠칫 놀라 깨어났을 때 차는 모르는 시골길을 달리고 있었다.

창밖의 산 위로 뉘엿뉘엿 해가 졌다. 하늘이 가장 먼 가장자리부터 발그스름하게 식어가고 있었다.

완이 어리둥절해서 창밖을 바라보는 사이에 여자가 모는 차는 좁은 밭두렁길을 위태롭게 달려 밭이 끝난 곳에서 이어진 오르막길을 올라가서 녹갈색 잡초가 우거진 산기슭을 헤집고 들어갔다. 그리고 여자가 차를 세우고 시동을 껐다.

"내려."

여자가 말했다. 완은 겁먹은 채 조수석에 그대로 앉아 여자를 바라보았다.

여자는 혼자서 운전석 문을 열고 차 밖으로 나갔다. 완은 왠지 불안해져서 허겁지겁 따라 나갔다.

차 밖으로 나왔을 때 완은 언제나 귓가에서 울리던 그 날카로운 소리, 대체로 가늘고 희미하지만 때로는 머리통을 쪼갤 듯이 울리던 그 거슬리는 소리가 들리지 않는다는 사실을 깨달았다. 바람 소리, 새 소리, 풀이나 잎사귀가 바스락거리는 소리, 멀리서 개 짖는 소리도 들려왔지만 날카롭고 고통스러운 그 소리는 들리지 않았다.

"이리 와."

여자가 불렀다. 완은 주춤주춤 여자를 향해 다가가다 적당한 거리에서 멈추어 섰다.

여자는 무덤 옆에 서 있었다. 무덤에는 묘비가 없었다. 이름 없는 땅이 임신한 여자의 배처럼 불룩하게 부풀어 있을 뿐이었다.

"여기 어딘지 알지?"

여자가 완을 돌아보며 물었다. 어딘지 몰랐으므로 완은 대답하지 않았다. 완은 어째서 그 날카로운 소리가 들리지 않는지 생각하고 있었다.

여자가 손짓으로 완을 불렀다.

"이리 와 봐."

여자의 곁에는 검은 형체가 보이지 않았다. 그래서 완은 여자에게 조금 다가갔다.

"초승달이 뜨는 밤에 남자를 먹는 거야."

완은 걸음을 멈추었다.

주위가 갑자기 어두워졌다. 공기가 축축하고 무거웠다. 완은 숨이 막혔다.

"아이부터 먼저 가진 다음에 말이지."

여자가 말했다. 어둠 속에서 여자의 형체가 땅 위로 길고 검게 솟아 있었다.

"아이만 가지면 남자는 먹어도 돼."

여자가 거무스름하게 그림자로 뒤덮인 입술을 움직여 말했다. 그리고 여자는 싱긋 웃었다. 어두워서 얼굴이 보이지 않는데도 완은 여자의 입술이 위로 말려 올라가 휘어지는 것만은 왠지 분명하게 알 수 있었다.

"아이가 남자애면 아이도 먹어야지."

여자가 기쁘게 속삭였다.

"남자애인지 어떻게 알아요?"

완이 물었다. 여자가 소리 내어 웃었기 때문에 완은 말한 것을 후회했다.

"낳아보면 알지."

여자가 싱글싱글 웃으며 대답했다.

그러니까 낳는 수밖에 없다는 뜻이었다. 낳을 때까지 열 달 동안 임신을 지속해야 한다는 뜻이었다. 완은 지금 자신이 임신을 한다면 학교는 어떻게 다닐지, 담임 선생님은 뭐라고 할지 생각했다. 임신한 채로 학교에 가면 틀림없이 반장과 그 무리들이 자신을 가만두지 않을 것이다. 아기를 가만두지 않을 것이다. 완은 임신한 채로 싸움을 할 수 있는지 궁리해보았다. 그 상황에서 여자 앞에서 휴대전화를 꺼내 검색을 할 수는 없었다. 그래서 완은 다시 여자에게 물었다.

"여자애를 못 낳으면 어떻게 되는데요?"

"내가 죽겠지."

여자가 말했다.

"그렇지만 그 전에 내가 먼저 널 저 안으로 데려갈 거야."

여자는 천천히 팔을 뻗어 마른 풀로 뒤덮인 채 불룩 튀어나온 묘비 없는 봉분을 가리켰다. 여자의 목이 기묘하게 휘어졌다. 불그스름한 어둠이 덮인 하늘을 배경으로 여자는 거칠고 뾰족한 가지를 무덤 위로 뻗은 검고 구불구불한 나무처럼 보였다. 완은 화질 나쁜 로드뷰를 문득 떠올렸다.

그리고 검은 나무는 무덤 위로 뻗었던 팔을 들어올려 등 뒤로 가져갔다. 새까만 나무가 말라붙은 가지를 수직으로 들어 올렸다가 뒤쪽으로 완전히 꺾었다. 손가락이 잔가지처럼 까맣고 거칠고 날카롭게 갈라졌다. 그 손가락이 닿자 여자의 등에 검붉은 구멍이 입을 벌렸다. 여자는 점점 더 크게 벌어지는 구멍 안으로 검고 가느다란 손을 뻗어 비명을 지르는 물컹물컹한 형체를 꺼내기 시작했다. 여자가 피투성이 뭉글뭉글한 형체의 머리를 등에 난 검붉은 구멍 바깥으로 끄집어내는 순간 완은 자신을 계속 괴롭혔던 날카롭고 귀에 거슬리는 소리를 들었다. 완은 양손으로 귀를 막았지만 소용없었다. 귀를 세게 막을수록 소리가 더 명확하게 들려왔다. 소리가 완의 몸속에서 울리고 있었기 때문이다. 소리는 점점 커지고 점점 강해져 완의 몸과 정신을 갈가리 찢었다. 완은 눈을 감고 있는 힘을 다해 비명을 질렀다.

눈을 떴을 때 완은 차 안에 있었다. 차창 밖은 어둠이었다. 여자는 표정 없는 얼굴로 차를 운전했다. 앞 유리창으로 달려오는 길은 까맣고 길에 표시된 차선만이 전조등에 비쳐 하얗게 보였다. 완이 입을 열기 전에 여자가 우회전을 했다. 차는 좁은 나선형 통로를 돌아 지하 주차장으로 미끄러지듯 굴러 들어갔다.

"다 왔어."

여자가 차를 세우고 시동을 껐다.

"내려."

여자가 말했다. 그리고 완이 대답하기 전에 운전석 문을 열고 차에서 내렸다.

완은 차에서 내리는 여자의 뒷모습을 바라보았다. 여자의 등에는 구멍이 없었고 피투성이 형체가 비명을 지르지도 않았다.

여자가 조수석 쪽으로 돌아왔다. 차 문을 열었다. 완은 서둘러 안전벨트를 풀고 차에서 내렸다. 여자는 완이 내리자마자 조수석 문을 세게 닫고 다시 차 앞으로 돌아서 운전석으로 갔다. 차의 시동을 걸었다. 완은 흠칫 놀라 차에서 물러났다. 여자는 차를 몰고 어딘가로 떠났다.

멀어져가는 여자의 차를 멍하니 바라보면서 완은 날카롭고 듣기 싫은, 금속을 긁는 듯한 소리가 되돌아오는 것을 깨달았다. 차 안에서 정신이 든 순간부터 완은 느끼고 있었다. 단단한 것을 억지로 찢는 듯 귀에 거슬리는 소리는 시든 갈색 풀잎에 덮인 이름 없는 묘지를 떠나온 순간부터 조금씩 차츰 더 분명하게 들려왔다. 그 소리는 완의 곁에 있었고, 이제는 완의 속에 있었다.

…소리를 들으면 알 수 있다. 주로 두드리거나 긁는 소리가 나는데, 지역에 따라 새 울음소리를 낸다고 전해지는 곳도 있다. 가까이 있으면 소리가 작아지고 멀리 있으면 소리가 크게 들린다. 다가오면 개들이 먼저 알고 짖기 때문에 개가 짖는 곳에 가까이 가면 안 된다는 속설도 있다.

완은 아무도 없는 집으로 돌아왔다. 집에 들어오자마자 완은 '초승달 뜨는 밤' '무덤' '남자를 먹는다' 등등을 검색하기 시작했다. 다시 한번 확인해야만 했다. 자신이 기억하는 일이 정말로 일어났는지 완은 검색어를 입력하면서도 확신할 수 없었다.

검색 결과는 완이 예상한 대로 신통치 않았다. 달에 관한 시, 무덤을 소재로 한 무서운 이야기, 내 남자의 마음을 사로잡는 요리 등등 서로 연결되지 않는 결과들이 쏟아졌다. 페이지를 아무리 넘겨도 완이 찾는 결과는 보이지 않았다.

완은 실망하는 만큼 점점 절박해져서 한참 검색을 계속했다. 그러다가 지쳐서 어느 순간 잠들고 말았다.

다음 날 완이 일어나 아침 식사를 하기 위해 부엌으로 나왔을 때 여자는 식탁에 앉아 담배를 피우고 있었다. 냉장고를 열려면 여자의 등 뒤로 가야 했다. 완은 잠시 머뭇거렸다.

"그런 거 검색하면 뭐가 나올 거라고 생각했어?"

여자가 담배 연기를 내뿜으며 물었다.

"네?"

완이 되물었다. 여자가 피식 웃었다.

"모르는 척하지 마."

여자가 식탁 위에 담뱃재를 떨었다.

"멍청하긴."

여자 옆에 검은 형체가 나타났다. 검은 형체는 완을 보며 입술을 말아 올렸다. 가느다랗게, 희미하게, 그러나 날카롭게, 찢는 듯한, 긁는 듯한 소리가 들려왔다.

완은 냉장고 문을 열었다. 다시 닫았다. 그리고 여자에게 물었다.

"그 소리는 왜 나는 거예요?"

"무슨 소리?"

여자가 완을 돌아보지 않고 식탁 위로 담배 연기를 내뿜으며 되물었다.

"그 까만 거한테서 나는 소리요. 긁는 소리. 어디서 나는 거예요?"

"까만 거 뭐?"

여자가 몸을 홱 돌려 완을 노려보았다.

"무슨 소리가 난다는 거야?"

여자가 고함쳤다. 여자의 기세에 질려 완은 더 이상 아무 말도 하지 못했다. 여자는 담배를 식탁에 거칠게 비벼 끄고 벌떡 일어섰다.

"이상한 얘기 하지 마. 쪼끄만 게 기분 나쁘게."

그리고 여자는 나가버렸다.

여자가 떠난 식탁 위에는 담뱃재와 꽁초가 지저분하게 흩어져 있었다. 식탁 아래에는 검은 나뭇가지가 있었다. 완은 그것을 무심코 집어 들었다가 놀라서 떨어뜨렸다. 나뭇가지라고 생각했던 것은 짐승의 발톱이었다. 그것은 마른 비늘에 덮여 있었고, 길고 검고 거칠고 날카로웠다.

한참 바라보다가 완은 마른행주를 가져왔다. 몸을 숙여 조심스럽게 행주로 발톱을 감싸 집어 올렸다. 식탁 위에 올려놓고 완은 천천히 행주를 펼쳤다. 가느다랗고 날카로운 발톱을 가만히 바라보았다.

작은 동네도서관에서 먼지투성이 책들을 정리할 때 완은 아주 희미하고 아주 가느다랗게 또 그 날카로운 긁는 소리를 들었다. 소리의 진원지를 찾다가 완은 눈앞에 서 있는 검은 형체를 보았다. 완이 비명을 지르기 전에 검은 형체가 천천히 고개를 움직였다. 낡은 서가에 꽂혀 있던 오래된 책이 바닥에 툭 떨어졌다.

완은 책과 검은 형체를 번갈아 바라보았다. 검은 형체가 팔을 뻗었다. 가늘고 검은 나무에서 더욱 가느다란 가지가 뻗어 나오는 것 같은 모습이었다. 검은 형체가 바닥에 떨어진 책을 가리켰다. 귓가에 울리는 날카롭게 긁는 듯한 소리가 아주 작고 희미하게 뭔가 속삭였다.

완은 서가로 갔다. 바닥에 떨어진 책을 주워 들었다. 그리고 읽기 시작했다.

책의 제목을 기억해뒀어야 했다고, 완은 나중에 조금 후회했다.

부지런한 아낙이 동 트기 전에 일어나 빨랫줄에 널어놓았던 옷을 걷으려고 보니 옷이 모두 사라지고 없었다. 마당과 헛간 근처를 돌아다니며 찾다 보니 옷가지가 땅에 떨어져 있었다. 아낙은 떨어진 옷을 차례차례 주우며 걷다가 닭장 근처로 갔다. 그곳에 검은 치마를 뒤집어쓴 것 같은 사람이 웅크리고 앉아

날달걀을 주워 모아 먹고 있었다. 아낙이 말을 걸었지만 사람은 대답하지 않았다. 그래서 아낙은 가까이 다가가서 치마를 쓴 사람을 건드렸다. 치마가 흘러내리며 등에 뚫린 구멍이 드러났다. 그리고 달걀을 먹던 것이 아낙을 돌아보았다. 그것은 사람이 아니라 죽은 시체였다.

"엄마가 합의금 주래."
완은 반장에게 전화해서 말했다.
"합의금?"
반장의 목소리에서 의심이 묻어 나왔다.
"그거 변호사 세우고 경찰서 가서 각서 같은 거 써야 되는 거 아냐?"
"받을 거야, 말 거야?"
완이 짜증을 냈다.
"나한테 정식으로 사과하면 받지."
반장이 제안했다.
"전에 거기로 나와."
완이 말했다.

…그것이 달아난 자리에 잔가지와 같은 물건이 떨어져 있어 아낙은 동네 사람들에게 보여주려고 집으로 가지고 왔다. 그 뒤

로 아낙은 밤마다 일어나 옷을 찢고 닭을 죽이고 집 안의 작은 가축을 잡아 피를 빨았다. 그리고 어느 날 죽어가는 새가 우는 듯한 소리를 내며 산속으로 사라져버렸다. 이 때문에 이 지역에서는 나무 없는 땅에 난데없이 떨어진 마른 나뭇가지를 줍는 것이 금기가 되었다고 한다.

골목에서 완은 검은 형체와 함께 반장을 기다렸다. 예상했던 대로 반장은 혼자 나타났다. 무리를 끌고 오면 받은 돈을 나눠 가지거나 최소한 한턱 쏘기라도 해야 하기 때문이다. 완은 들고 있던 물건을 내밀었다. 행주를 보고 반장의 표정이 의심과 경계에서 분노와 짜증으로 바뀌었다.

"씨발, 이게 뭐야?"

반장이 소리쳤다. 완은 대답 대신 행주 한쪽 끝을 펼쳤다. 검은 형체가 고개를 끄덕였다.

반장이 다시 욕설을 외치려 입을 열었다가 갑자기 말을 멈추었다. 반장의 시선이 마르고 거친 비늘로 덮인 짐승의 피부에 빨려 들어갔다.

검은 형체가 고개를 끄덕였다.

완이 행주에 감싼 발톱을 반장에게 더 가까이 들이밀었다. 반장은 말없이 고분고분 받았다. 그리고 발톱을 집어 주머니에 넣었다. 발톱을 감쌌던 행주가 땅바닥에 떨어졌다. 반장은 행주를 보고 있지 않았다. 완도 떨어진 행주를 줍지 않았다.

  반장은 그대로 서서 아무 말도 하지 않았다. 발톱이 든 주머니에 한 손을 그대로 넣은 채 반장은 공허한 눈으로 완을 바라보았다. 검은 형체가 고개를 끄덕였다. 반장이 조용히 돌아섰다. 멀어지는 반장과 그 옆에 천천히 따라가는 검은 형체를 바라보며 완은 속삭이는 듯 작고 희미했던 긁는 소리가 조금씩 커지는 것에 귀를 기울였다. 골목의 개들이 일제히 사납게 짖어댔다. 그러다가 깽깽 신음하기 시작했다.

  …물리치려면 목에 바늘을 꽂거나 머리에 못을 박아야 한다는 속설이 전해진다. 그러나 대부분의 이야기에 따르면 일단 달라붙은 뒤에는 완전히 퇴치할 방법이 없다고 한다. 그러므로 달라붙지 못하도록 막기 위해서는 주변을 깨끗이 청소하고 약초를 모아 향을 태우며 대문 위에 나뭇가지를 엮어 걸어놓고…

  완은 돌아와서 집을 청소했다. 여자의 흔적을 최대한 지우려고 애썼지만 식탁에 담배를 눌러 끈 자국만은 어떻게 할 수 없었다. 어쨌든 완은 할 수 있는 한 집을 깨끗하게 치운 뒤에 어머니에게 전화했다.

"갔어요."
완이 말했다.
"이젠 저 혼자예요."
— 그렇구나.
어머니가 대답했다.
그리고 어머니는 전화를 끊었다.
완은 기다렸다.

살해당했거나 학대당해 죽은 아이가 이승을 떠나지 못하고 귀신이 된다는 설도 있다. 혹은 귀신이 되어 어린이를 보호하고 아이를 학대하는 사람들에게 복수한다는 이야기도 전해지고 있다.

부모 없는 아이는 세상에서 보호받지 못한다.
세상은 부모에게서 아이를 보호해주지 않는다.

정학 기간이 끝났다. 완은 학교에 갔다. 반장은 학교에 오지 않았다. 담임 선생님은 반장이 아파서 학교를 쉬게 되었다고 공지했다. 반장과 친했던 아이들이 큰 종이를 반 전체에 돌려 위로의 말을 수집하고 선물을 사서 병문안을 갔다. 반장의 집이 어느새 이사를 가버렸다는 사실을 완은 아이들이 교실 뒤에 모여 수군거리는 이야기를 지나가다 듣고서 알게 되었다. 완에게는 아무래도 좋은 일이었다.

반장이 사라지고 학기가 끝나 완은 해방되었다. 동네에서, 후미진 골목에서 마주쳐도 아이들은 전처럼 완에게 덤벼들지 않았다. 서로 속닥거리며 시선을 돌리고 빨리빨리 멀어질 뿐이었다.

어머니는 며칠 뒤에 돌아왔다. 어머니는 완에게 사과도 질문도 설명도 하지 않았다. 그저 나갈 때 그랬듯이 조그만 가방을 들고 돌아와 아무 일도 없었던 듯, 여자가 처음부터 존재하지 않았던 듯, 완과 함께 집에서 지내기 시작했다. 그렇게 될 것이라고 완은 예상했다. 그리고 이제까지 해왔듯이 '평범'하게 지내려 애썼다. 그러면서 완은 어머니에게 깊이 실망했다. 어머니는 자신의 마음에 내키지 않는 것은 손바닥으로 가린 채 없는 척, 못 본 척하는 것이 최선이라고 진심으로 믿는 사람이었다. 그런 특징을 이미 알고 이해한다 해도 실망하지 않을 수는 없었다. 어머니는 어머니였다. 어머니는 완에 대한 책임이 있는 유일한 사람이었다.

그러나 동시에 완은 조금 안심했다. 여자에 대해서 묻고 싶었지만 완은 물을 수 없었다. 여자가 정말로 자신의 생모인지, 진실로 그렇다면 여자는 자신을 몇 살에 낳았는지, 지금의 자신과 같은 나이였는지, 어떻게 임신했고 어떤 과정을 거쳐 출산했는지, 그 뒤에 어디로 사라졌는지, 어째서 사라졌는지, 어떻게 해서 돌아왔는지, 어떤 방법으로 자신과 어머니의 삶을 다시 찾아냈는지, 묻고 싶은 것이 무척 많았지만 자신이 이미 아는, 예상했던 대답을 듣게 되는 것이 무서워서 완은 도저히 물을 수 없었다. 그리고 어머니가 아무 설명도 하지 않았기 때문에 완에게는 물을 기회가 없었다.

"다행이다."

어머니는 딱 한 번 이렇게 말했다. 저녁 늦게 어딘가에서 걸려 온 전화를 받고 갑자기 서둘러 나갔다가 지친 모습으로 돌아온 날이었다.

"이젠 끝났어."

완은 아무것도 묻지 않았지만 어머니가 먼저 말했다.

"죽었어요?"

완이 물었다. 누가 죽었냐는 것인지는 일부러 말하지 않았다.

놀랍게도 어머니는 고개를 저었다.

"하지만 다시는 돌아오지 않을 거다."

그뿐이었다. 어머니는 언제나 그러듯이 더 이상은 아무것도 말해주려 하지 않았다.

산에서 변사체가 발견되었다는 소식은 뉴스에 가끔 나오는 흔한 이야기였다. 시신은 이미 백골화되어 남성이라는 사실밖에 확인할 수 없다고 했다. 여기서 완은 흥미를 잃었다. 그러나 굳이 끄기 귀찮아서 뉴스를 계속 켜두었다. 경찰은 시신이 발견된 차량 번호를 통해 피해자의 신원을 추적했다. 그리고 피해자와 마지막으로 함께 CCTV에 찍힌 여성을 찾고 있다고 했다.

그 순간 화면에서 완의 눈길을 끈 것은 녹갈색 마른 풀이 펼쳐진 산기슭에 세워진 지저분한 하얀 차 뒤에 구불구불하게 가지를 펼친 검은 나무였다. 하얀 옷으로 머리서부터 발끝까지 덮고 얼굴에 둥근 마스크를 쓴 사람들, 등에 공식적인 명칭이 커다랗고 선명하게 찍힌 바람막이 점퍼를 입은 사람들이 카메라와 장비를 들고 지저분한 하얀 차 주위의 마른 풀밭을 돌아다녔다. 그들 뒤에서 검은 나무가 조금씩 천천히 붉은 하늘을 향해 가지를 뻗어 올렸다. 나무가 가지를 등 뒤로 꺾어 돌리기 전에 완은 서둘러 화면을 껐다.

어머니는 집에 돌아와서 말했다.

"이젠 그냥 평범하게 살면 돼. 학교 다니고, 나중에 어른이 되면 좋은 사람 만나서 결혼도 하고, 아이도 낳고."

어머니는 진심으로 안도한 것 같았다.

자신이 어른이 되어 아이를 낳았을 때 검은 형체가 다시 나타날지 완은 생각했다. 아이와 함께 있을 때 가느다랗고 날카로운 소리가 다시 희미하게 들리기 시작할 것인지 완은 알 수 없었다. 만약에 그 소리가 돌아온다면, 검은 형체가 다시 모습을 나타낸다면, 완은 자신도 아이에게 나의 생명을 보장하기 위해 네가 최대한 빨리 딸을 낳으라고 말하게 될지 상상해보았다. 아이가 남자라면, …완은 '아이도 먹어야지'라는 여자의 목소리를 머릿속에서 억누르기 위해 애썼다. 딸이 태어나 자신을 위해 딸을 낳아줄 때까지 검은 형체와 날카로운 소리와 함께 삶을 어떻게 견뎌야 할지 완은 어머니를 볼 때마다 생각했다.

 '엄마는 해도 되고 나는 안 돼?'

 완은 여자가 처음 집에 나타났을 때 어머니를 향해 소리쳤던 말을 떠올렸다. 어머니가 여자에게 무엇을 '했는지' 완은 이제 이해할 수 있었다. 자신도 똑같이 '하게' 되지 않으리라고 완은 확신할 수 없었다.

 "그런 건 생각하지 마."

 마침내 완이 견디지 못하고 물었을 때 어머니는 이렇게 대답했다.

 "그냥 닥치면 남들 하는 대로 하면 돼."

 완이 결심한 것은 아마 그 순간이었을 것이다.

완은 하지 않기로 결심했다. 결혼하지 않고, 아이를 갖지 않고, 엄마가 되지 않기로 결심했다. 검은 형체를 부르는, 혹은 부를지도 모르는, 딸에게 물려줄지 모르는 핏줄을 자신의 대에서 끊기로 완은 결심했다. 그때 완은 너무 어려서 말로 정확하게 표현할 수 없었지만 충분히 느껴서 알고 있었다. 낳지 않는 것만이, 대를 끊는 것만이, 앞으로 결단코 태어나지 않을 아이를 사랑하는 최선의 방법이었다.

문답

정보라

"아이만 가지면 남자는 먹어도 돼."

> '모계 전승'이라는 화두 안에는 아주 긴 세월과 수많은 삶들, 그리고 상당히 강인하고 끈끈하고 거칠기도 한 여러 갈래의 생각과 심상이 담겨 있습니다. 이 작품집을 제안받았을 때 어떠셨나요?

처음 기획하신 길상효 작가님을 좋아하기 때문에 길상효 작가님과 함께 작업하고 싶은 마음이 컸습니다. 그리고 보통 '모계 전승'이라고 하면 엄마와 딸의 다정하고 애틋한 관계를 생각하기 쉬운데 저도 그런 이야기를 쓰면 너무 진부해질 것 같았습니다. 그래서 흔하지 않은 가족 관계에 대해 쓰고 싶다고 생각했습니다.

> '첫딸이 딸을 낳아야만 어머니의 삶이 보장된다'는 저주는 아주 오랫동안 한국 사회에서 '딸을 낳은 여성'과 '첫딸'들이 받아온 시선들을 떠올리게 합니다. '여성이 여성을 낳는 일'을 저주로 여긴 이들에게 내민 기이한 '구원'으로 보이기도 합니다. 이 강렬한 저주를 통해 어떤 이야기를 하고 싶으셨나요?

여성은 애 낳는 기계가 아니라는 당연한 이야기를 하고 싶었습니다. 인간은 누구나 자기가 원하는 삶을 살 권리가 있습니다. 성별이 무엇이든 나이가 많든 적든 이것은 인간이라면 누구나 가지는 권리입니다.

> '초경'과 함께 완에게 찾아온 저주와 그를 맞이한 완의 혼란은 '아이를 낳을 수 있는 몸이 되는 일'을 지나치게 당연하게 여기거나, 기쁘거나 신성하게 여기도록 가르쳐온 사회에 대한 비명처럼 느껴지기도 합니다.

초경을 이제 막 맞이한 여성은 아직 아이입니다. 생물학적으로나 사회적으로나 법적으로나 모든 면에서 아동입니다. 그러므로 적절한 보호를 받으며 아동기를 누릴 권리가 있습니다. 여성은 너무 어릴 때부터 인간이기보다 여성으로 취급받습니다. 예를 들어 초경을 맞이한 여성 아동과 같은 나이의 남성 아동에게 '네 나이의 여자애들은 초경을 맞아서 아이를 낳을 수 있는 몸이 되었으니 너도 아빠가 될 준비를 해야 한다'고 가르치지는 않습니다.

> 완과 그 어머니는 내내 '평범'하기를 다짐하기도 하고, 기원 혹은 강요하기도 합니다. 그리고 완은 그 '평범'을 완전히 끊어 내기로 합니다. 작가님이 생각하시는 평범한 삶은 무엇인가요?

시시각각 위협을 느끼고 언제나 긴장하며 도망칠 준비를 하고 살아가지 않는 삶이면 좋겠습니다. 그러나 지금 현재 많은 경우 언제나 긴장하고 언제나 걱정하는 삶이 대부분의 평범한 사람들이 살아가는 삶인 듯합니다.

> 수많은 이들이 '엄마'라는 존재 혹은 그 단어에 제멋대로 투영하는 환상을 이 작품은 경계하고 반박합니다. 그렇게 설정한 이유는 무엇일까요?

엄마도 자식도 다 사람이기 때문입니다. 사람은 모두 다르고, 그러므로 어머니가 된 사람이 엄마의 역할을 하는 방식도 다르고 자녀가 어떤 사람인가에 따라 관계 맺는 방식도 다릅니다. 좋은 나쁘든 어쨌든 모두 다른 것이 정상입니다.

> 이 작품을 읽을 여성 독자에게 한말씀 부탁드립니다.

내 삶을 갉아먹는 존재들은 다 버려도 됩니다.

행성의 한 때

김수흔

"종(種)이 아니라 개체를 보라고….."

김윤경 박사는 여전히 그 한마디만을 중얼거렸다. 그 말이 박사를 처음 보는 사람에게는 겨우 달싹이는 입술 사이로 새어 나오는 숨소리로밖에 들리지 않을 만큼 박사의 기력이 눈에 띄게 쇠해 보였다. 손녀 해린에게 물려주었던 또렷한 눈동자도 간데없었다. 흐린 눈으로 물끄러미 나를 바라보던 박사가 창밖을 향해 힘겹게 고개를 돌렸다. 나는 그의 앙상한 손을 한참 더 쥐고 있다가 요양원을 나섰다.

김윤경 박사가 사고 위험을 감수하면서까지 심해에서 찾던 것이 과연 무엇이었는지, 이제는 어디에서도 답을 들을 수 없게 되었다.

종이 아닌 개체를 볼 것.

오래전, 그 한 문장을 남기고 해린 역시 사라졌기 때문이다.

*

"은서, 이게 얼마 만이에요!"

동아시아 기후 연구소의 니나 카푸르 박사가 환한 미소로 나를 맞았다. 생물 기후학의 권위자인 그가 중국과 일본 파견을 거쳐 고향인 인도에 다녀온 뒤 5년 만의 재회였다. 할머니가 됐다며 손주 사진을 보여주는 그의 얼굴에 그야말로 할머니 미소가 가득했다.

"참, 커피 좀 들래요? 귀한 손님 오신대서 귀한 원두 구해놨는데."

카푸르가 잔을 들어 보이며 물었다.

"설마… 커피콩 말씀이세요? 세상에, 어떻게 구하셨어요?"

"오는 길에 못 보셨군요. 저 건물이 커피 종자 복원 연구소예요. 그 옆에 커피밭도 있고. 보여요? 실은 거기서 원두를 좀 갖다줬어요."

카푸르가 창밖 어딘가를 가리키며 말했다.

커피 종자의 복원 시도에 관해 듣기는 했지만 그 연구가 한반도에서도 진행되고 있는 줄은 몰랐다. 20여 년 전 공식적으로 멸종 선고를 받은 이국의 식물이 지구 반 바퀴를 돌아 강원도의 산 중턱에서 부활을 꿈꾸고 있다니. 지구 온

난화가 써낸 또 한 편의 서사였다.

"거기가 고랭지 채소 재배하던 데라고 들었어요. 이런 상전벽해가 또 없지요?"

유창하면서도 어딘지 모르게 문어체 같은 그의 한국어는 여전히 다정하고 사려 깊게 들렸다. 그가 커피를 준비하는 동안 아주 오래전에 맡아본 향이 연구실을 떠돌았다.

"해린 소식… 전해도 될까요?"

카푸르가 잔을 건네며 조심스럽게 물었다. 누구든 아직도 내 앞에서 해린을 언급할 때면 이렇게 주저한다.

"그럼요."

해린과 헤어진 지 7년이었다. 더구나 카푸르에게라면 얼마든지 해린 이야기를 들어도 좋았다. 그는 대학원 시절, 누구보다 우리 둘을 아낀 스승이었다. 어쩌면 나보다 더 많이 해린을 걱정하며 그리워하고 있을지도 몰랐다.

"작년까지 런던 자연사박물관 수장고에서 일했다고 들었어요."

끊임없이 새로운 종이 도착하는 가운데 수백만 개의 미확인 생물체 표본이 분류와 명명을 기다리며 잠들어 있는 곳이 자연사박물관의 수장고였다. 전 세계적으로 1년에 2만여 종이 명명되는 속도로는 수장고의 모든 표본이 명명되는 데만도 수 세기가 걸릴 것이었다.

해린은 그 전까지 극지 연구소에 있었다. 그 이전에는 대서양 심해 연구소에 있었고. 그곳은 김윤경 박사의 마지막 근무지이자 사고 장소였다. 지인들은 해린이 할머니의 사고 원인을 밝히기 위해 연구소에 들어갔으리라고 추측했지만 나는 해린이 박사의 뒤를 이어 무엇인가를 찾고 있다는 걸 알았다.

10여 년 전, 김윤경 박사는 대서양 심해 연구소에서 새로운 생명체를 발견해 세상을 놀라게 했다. 학계가 면밀한 검토 끝에 그의 이름을 딴 학명까지 붙이며 새로운 종의 등장을 공표할 무렵, 정작 김윤경 박사는 이상한 주장을 펼쳤다. 어류는커녕 식물에 가까울 만큼 대부분의 기관이 퇴화된 채 움직임도 없이 소극적인 여과 섭식만 하는 그 심해 생명체의 기원이 육지 포유류에 있다는 가설을 내놓은 것이다. 학계의 반응은 싸늘했다. 기껏 세운 공에 스스로 흠집을 낸 박사를 두고 노망 운운하는 이들도 있었다.

"바보들아, 할머니 말이 맞는다고!"

해린이 어린아이처럼 열광하는 모습에 나는 어린 시절의 해린이 할머니에게 들었다던 이야기 중 하나가 떠올랐다.

"그래서 어떻게 된 줄 알아? 바다로 뛰어든 사람들이 전부 물고기가 됐어. 그러니 어째. 쫓아오던 병사들은 절벽 끝에서 발만 동동 구르다 돌아간 거지. 물고기가 된 사람들은 바다 제일 깊은 데까지 헤엄쳐 내려가서 오래오래 행복하게 살았고."

함께 잠드는 밤이면 해린은 할머니에게 들은 이야기를 내게 들려주곤 했다. 그 뻔한 마지막 구절을 혼잣말처럼 되뇌면서.

"오래오래, 행복하게…."

나는 해린이 이야기에서 빠져나올 때까지 오래오래 안아주었다.

"이제 자자."

그러면 해린은 잡고 있던 내 손을 펴게 한 다음 자신의 손가락으로 내 손바닥에 점 두 개를 꾹꾹 찍고 그 아래에 둥근 호를 천천히 그렸다. 어둠 속에서 해린이 내게 웃어주는 방법이었다. 나는 그 미소를 쥐고 깊이 잠들었다. 해린과 영원히 헤어지지 않을 것처럼.

토끼가 자라 등에 올라타고 아무렇지도 않게 바다로 들어가는 것이 옛이야기라지만 해린을 통해 듣는 할머니의 이야기에는 늘 기이한 데가 있었다. 정확히 말하자면 어린 해린을 묘하게 자극했을 법한 구석이 있었던 것이다. 나라면 이야기의 흐름을 좇느라 지나쳤을 것에 해린은 마음을 빼앗기곤 했다. 세계를 넘나들 때의 낙차를 낭떠러지처럼 아득히 느끼는가 하면, 한 문장으로 묘사된 시간차에 영원처럼 갇히는 것이었다. 물고기가 된 사람들의 이야기를 들은 해린은 언제인가 학교에 가기 싫어 물에 뛰어들었다고 했다. 기이함은 해린이 할머니의 이야기를 받아들이는 방식에도 있었다. 그 일로 해린의 어머니와 할머니 사이가 심하게 틀어진 것은 어찌 보면 당연했다.

김윤경 박사는 주변의 우려와 만류에도 매번 심도를 더하며 아래로 아래로 하강했다. 박사가 어째서 육지와는 점점 더 멀어지는 길을 통해 심해 생명체와 포유류와의 연결 고리를 찾으려고 하는지 알 길이 없었다. 그런 그의 소식을 들을 때면 걱정만 하는 나와 달리 해린은 어떤 기대에 휩싸이는 듯했다. 사고 소식을 듣기 전까지는.

김윤경 박사가 혼자 탑승한 잠수정으로부터 구조 신호를 받은 연구소는 8킬로미터 깊이의 해구에서 간신히 박사를 찾아냈다. 탱크에 남은 산소가 모두 소진된 뒤였다. 구조된 뒤 몇 개월 동안 의식이 없던 박사는 기적적으로 깨어났지만 아무것도 기억하지 못했다. 오랜 재활 치료를 통해 간신히 입을 뗐지만 누구도 이해할 수 없는 한마디만을 반복했다.

종이 아니라 개체를 볼 것.

그것은 7년 전에 해린이 남긴 마지막 메시지이기도 했다. 해린은 자신의 클라우드 링크와 계정 정보를 담은 메시지 한 통을 남긴 채 종적을 감췄다. 할머니의 사고로 인한 충격 때문이리라고 애써 이해해보려 했지만 그러기에는 그 시기가 너무도 애매했다. 가끔 중얼거리는 한마디 외에는 어떤 의사 표현도 하지 못하는 점은 안타까웠지만 그 밖의 신체 기능이 조금씩 회복되는 할머니를 보면서 해린은 분명히 사고 직후의 충격에서 벗어나는 중이었다. 아예 휴학계를 제출하고 병실에 들어앉아 자기만의 방식으로 박사의 기억을 끄집어내는 데 매달렸다. 낮이면 오래전 박사에게 들은 이야기들을 박사에게 다시 들려주고, 밤이면 박사가 남긴 무수한 연구 자료를 샅샅이 뒤지면서.

"할머니는 왜 그렇게 새로운 종을 찾는 데 매달렸을까. 그것도 원시 동물에 가까운 종을. 할머니가 찾아내고 분석한 모든 게 한 방향을 가리키는 게 분명해. 근데 그게 정확히 뭔지를 모르겠어."

그러던 해린이 돌연 행방이 묘연해진 것이다. 처음엔 나 때문이라고 생각했다. 그 무렵, 우리 둘 사이에 다툼이 부쩍 잦았다. 다툼은 견딜 만했다. 견디기 힘든 것은 따로 있었다. 다툼이 극에 달할 때면 해린이 옷을 벗어버리는 것이었다. 급기야 다 벗은 채로 집 밖으로 나가려는 해린의 손목을 거칠게 낚아챈 날이었다.

"너 제정신 아니야. 병원에 가보라고, 제발!"

해린이 사라진 직후에는 그 말부터 후회했다. 받지 않는 폰을 붙들고 용서를 빌고 또 빌었다. 해린은 기숙사로도, 병실로도 돌아오지 않았다. 그렇게 며칠이 지나는 동안 해린을 아는 모두가 해린과 연락이 닿지 않는다는 걸 알았다. 이미 소원했던 어머니는 해린의 행방을 모를뿐더러 내가 전한 근황에도 놀라지 않았다. 마치 이런 날이 올 줄 알았다는 듯한 싸늘한 반응이 나를 겁나게 했다. 아니나 다를까 한 달쯤 지나자 해린의 전화번호가 다른 사람의 것이 되었다. 내가 해린에게 건넨 그 말이 마지막 말이 될까 봐, 해린에게 영영 용서받지 못할까 봐 두려웠다.

그해 겨울과 그다음 학기를 무슨 정신으로 버텼는지 모르겠다. 몇 개월이 지나자 이런저런 연구소나 탐사 현장에서 해린을 봤다는 목격담이 들려왔다. 그때마다 만사를 제치고 달려가봤지만 이미 해린이 다른 곳으로 떠난 뒤였다. 해린의 다음 행선지를 추측해보기도 했지만 매번 빗나갔다. 10년을 만난 해린에 대해 아무것도 모른다는 좌절만 반복되면서 해린을 찾는 일에도, 해린이 찾는 것이 무엇인지 추측하는 일에도 지쳐갔다. 박사 후 연구원 3년 차에 발표한 논문으로 이곳저곳에서 영입 제안을 받고 장고 끝에 거처를 결정한 뒤로는 해린을 찾는 일을 완전히 놓고 말았다. 해린을 향한 미움도.

 그 뒤 해린의 행적에서 나는 그 무엇도 추측하지 않았다. 해린의 어머니가 자기 어머니에 이어 딸을 이해하기를 포기한 것처럼 나 역시 해린을 이해해보려는 일을 그만둔 지 오래였다. 다만 해린이 안녕하기를 바랄 뿐.

 카푸르 박사를 만난 다음 날 개최된 화성기후학회는 지금까지의 화성 관련 학회 가운데 가장 큰 규모였다. 지구인의 화성 이주를 전제로 가장 먼저 시작된 연구이자 그 이주를 성공적으로 이끈 화성 기후 연구가 이제는 화성의 현재와 미래만이 아닌 과거로까지 그 영역을 확장하고 있었다. 화성에서 발견된 생명체 화석 때문이었다. 화성 생명체의 진화 연구를 통해 과거 기후와 환경을 추측할 길이 열린 것이다.

 화성 생명체 연구소의 대표는 기조연설에 앞서 자칫 이 모든 것이 없던 일이 될 수도 있었던 과거를 잠시 회고했다. 30년 전, 화성 생명체 조사단은 화성에 생명체가 존재하지 않는다는 최종 결론과 함께 현지 탐사단을 철수시켰다. 화성 전역에 매설한 초감도 생체 스펙트로미터와 화성 상공의 다중분광 위성이 40여 년 동안 측정한 결과였다. 이어서 해산 절차에 돌입한 조사단은 과거에도 생명체가 존재하지 않았을 가능성이 크다는 결론을 덧붙였다. 많은 이들이 이런저런 모습으로 인류의 상상 속에 등장했던 화성인들에게 작별을 고하며 일종의 낙담에 빠져 있을 때였다.

지구 귀환을 보류하고 탐사를 계속하던 신입 연구원 두 명이 마침내 희미한 흔적 하나를 찾아냈다. 그들에게 사진과 간이 분석 결과를 전송받은 화성 생명체 조사단 본부는 흔한 풍화작용의 흔적일 뿐이라고 일축하면서 연구원들에게 조속한 귀환을 명령했다.

하지만 이에 불복한 연구원들은 몇 달 뒤 추가로 찾은 표본들을 가지고 귀환했고, 오래지 않아 그것들 모두가 생흔 화석, 즉 과거 화성에서 생명체가 살아 움직였다는 증거로 밝혀졌다. 비록 원시 동물이 남긴 미세한 움직임의 흔적일 뿐이었지만 그것만으로도 지구는 충격과 희열에 휩싸였다. 인류의 오랜 질문에 마침내 답이 내려지는 순간이었다. 지구 밖에도 생명체가 존재했다는 문장 하나가 우주의 역사에 더해졌다.

그 소식은 특히나 화성 이주를 코앞에 두고 기대와 염려로 들떠 있던 1차 이주 예정자들에게 큰 환영을 받았다. 생명체가 존재했다는 사실 하나만으로도 그들은 화성이 살

만한 곳이라는 안도를 느낀 것이다. 이후 생흔 화석이 발견된 지역을 중심으로 지각을 파 내려가던 현지 탐사단이 지구의 원시 절지동물과 유사한 형태의 체화석을 잇달아 발견했다. 생명체의 일부가 고스란히 암석의 형태로 남은 체화석은 생흔 화석과 비교할 수 없는 힘을 발휘했다. 생흔 화석의 조작 가능성을 제기하던 불신자들이 단번에 입을 다물었을 뿐 아니라 이주 희망자가 배로 늘었다. 화성 생명체 조사단은 화성 생명체 연구소로 명칭을 전환하고 연구원들을 대거 영입해 규모를 확장하면서 본격적인 계통 연구에 착수했다.

뒤늦게 화성 생명체 연구소에 합류한 나에게도 이번 학회는 특별했다. 화성 기후 연구소, 화성 지질 연구소 등 다양한 분야와 긴밀히 공조하는 화성 연구의 거대한 틀 안에서 내가 맡은 계통 연구도 제대로 이루어질 터였다.

화성까지 망가뜨릴 셈인가?
개발은 곧 파괴, 화성 개발을 당장 중단하라!
화성 개발비로 지구 열 개는 살릴 것
화성 개발의 배후를 공개하라!

학회를 마치고 동아시아 기후 연구소 건물을 나설 때였

다. 오전부터 늘어서 있던 화성 개발 반대론자들이 그때까지도 피켓을 든 채 침묵 시위 중이었다. 뉴스에서나 보던 그들이 어째서 순수한 학문까지 공격의 대상으로 삼는가 싶던 의문은 개회식 내빈 소개 순서에서 해소되었다. 국제 화성 이주 기구의 한국 지부장과 산하기관인 화성 식량 기구의 위원장이 참석한 것이다. 시위는 그들을 향한 것이었다. 그리고 보니 언제인가 이주 기구의 한국 지부장이 과격 단체로부터 습격당했다는 소식을 들은 일이 있었다.

끝나지 않을 싸움이었다. 아니, 이미 끝난 싸움이었다. 이제 화성은 지구의 엄연한 일부였다. 그들을 향한 마음은 바위를 치는 달걀을 보는 듯한 애처로움에서 피로감으로 바뀐 지 오래였고, 솔직히 이제는 그들의 목소리가 신념을 가장한 어깃장으로만 들렸다.

숙소로 돌아와 태블릿과 자료를 탁자 위에 던지다시피 하고 침대에 누웠다. 피로가 물밀듯 밀려왔다. 잠깐 눈을 붙인다는 게 그만 서너 시간을 훌쩍 넘기고 말았다.

겨우 일어나 씻고 주변을 정리한 뒤 다시 잠을 청하려는 순간, 회의장 앞에 늘어서 있던 시위자들이 떠올랐다. 어째서인지 그중에 아는 얼굴이 있었다는 생각이 들었다. 힘없이 삐져나오는 잔머리 때문에 수시로 올려 묶던 머리, 너무도 또렷한 나머지 화가 났나 싶지만 가까이 들여다보면 깊이를 알 수 없을 만큼 다정하던 눈동자, 살짝 웃는 듯하면서도 빈틈이라고는 찾아볼 수 없던 다부진 입매까지. 17년 전에 처음 만난 해린을 다시 본 것만 같았다.

인류가 이토록 한 종의 멸종에 몸서리친 적이 있었던가. 생태계의 균열이 아닌 문화와 일상의 균열에 절망하는 사이에 우리는 눈덧신토끼와 매부리바다거북을 비롯한 500여 종을 잃었다. 그리고 아무도 그것을 기억하지도, 알려고 하지도 않는다.

커피의 멸종에 부치는 글이었다. 지구의 최상위 포식자, 너무 멀리 와버린 인류를 향한 경고로 끝을 맺은 그 글은 대학 입학 후 처음 받은 학교 신문에 실려 있었다. 나는 그 당찬 경고의 주인공이 고등학교를 갓 졸업한 신입생이자 같은 학과 동기라는 것을 안 그날로 해린을 찾아냈고, 그 자리에서 사랑에 빠졌다. 그리고 10년을 함께했고, 헤어졌다.

잠이 달아난 김에 태블릿을 켜고 이메일 몇 개에 답을 보냈다. 자료를 첨부하기 위해 접속했던 클라우드를 닫으려다가 그동안 애써 외면하던 폴더에 나도 모르게 손가락을 가져갔다. 7년 전 해린이 종적을 감추면서 남긴 자료였다. 둘로 나뉜 폴더에는 각각 김윤경 박사와 해린의 연구 자료가 담겨 있었다. 무작위로 열어본 방대한 자료에서는 해린이 김윤경 박사에 이어 진화의 특수한 사례를 찾으려 한다는 것 말고는 알아낸 게 없었다. 혼란과 상처만 더 얻을 뿐이었다.

몇 년 만에 그 폴더를 다시 열고 그 아래의 아래의 아래를 찾아 내려가, 굳이 열어보지 않아도 내용을 다 아는 문서 파일 하나를 열었다. 해린이 마지막으로 작성한 파일이었다.

종이 아닌 개체를 볼 것.

문장 하나가 전부였다. 7년 전 처음 본 이후로 한시도 머릿속을 떠난 적이 없는 문장. 김윤경 박사가 유일하게 되뇌는 한마디.

"흠흠, 이건 우리 할머니의 할머니의 할머니한테서 내려오는 얘긴데…."

해린은 늘 그렇게 이야기를 시작했다.

"잠깐. 궁금한 게 있는데, 할머니의 할머니의 할머니의… 하다 보면 사이사이가 비잖아? 그럼 너희 집안 할머니들은 항상 딸은 건너뛰고 손녀한테만 얘기해주셨다는 거야? 박사님이 정말 그 얘기들을 어머니한테는 안 들려주고 너한테만 들려주셨어?"

언제인가 해린에게 물은 적이 있다. 해린의 이야기를 듣다 보면 우리가 흔히 쓰는 할머니의 할머니라는 계보가 해린에게는 단지 세대를 거슬러 올라가거나 그중에서도 모계를 일컫기 위한 표현만은 아니라는 생각이 들었다.

"할머니가 엄마한테 해줬는지 안 해줬는지는 모르지만 적어도 엄마는 나한테 그런 얘기 한 번도 안 해줬어. 엄마는 그런 얘기 싫어했나 봐. 어려서도, 다 커서도. 할머니가 항상 엄마 몰래 나한테 해준 거 보면."

그때는 그저 너무도 다른 취향 때문이리라고만 생각했다. 그런데 딸에게조차 비밀로 해야 하는 어떤 임무가 기이한 이야기를 타고 세대를 걸러 전달되기라도 한 듯 해린은 할머니를 뒤이어 무엇인가를 열렬히 쫓았고, 사라졌다. 단 하나의 문장을 남긴 채. 모니터 속의 커서는 그 문장의 끝이 아닌 그다음 줄의 첫머리에서 깜박이고 있었다. 해린은 이어서 무얼 쓰려고 했던 걸까. 그 일정한 깜박임에 답이 있기라도 하듯 내 시선이 오래도록 커서에 머물렀다.

"화성이 밥 먹여주냐? 바빠도 제때 끼니 챙겨. 아, 그리고 우리 집 재수생이 고모 때문에 모의고사 망쳤다고 꼭 전해 달라더라. 공부 못하는 것들이 꼭 핑계야. 고모 머리 반만이라도 닮을 것이지."

한국에 들어오고도 가족 모임에 매번 불참하는 내게 종종 소식을 전하는 오빠의 전화였다. 그러고 보니 2년째 입시 공부 중인 조카를 못 본 지도 오래되었다.

이상하게 올여름 한국에서 내 이름과 분자시계가 검색어 상위권에 오르는 일이 있었다. 진화 계통수의 일부가 몇 년 전에 수정된 과정이 꽤 상세하게 모의고사 지문에, 그것도 생명과학이 아닌 국어 시험 지문에 실렸는데, 그걸 두고 수험생들이 내게 원망을 쏟아낸 결과였다. 그 지문을 바탕으로 출제된 세 문제 중 하나가 최하위 정답률을 기록할 만큼 어려웠다고 한다. 그 소식을 주변으로부터 듣고서야 의문이 풀렸다.

분자시계란 복수의 생물종이 공통 조상으로부터 분기한 시점을 추정하는 기술로, 정확한 연대 추정을 위해 늘 몇 가지 보정 방법을 동원한다. 내가 몇 년 전에 발표한 분자시계 보정 기술은 화석 데이터를 인공지능으로 정제해 추정 연대의 구간을 좁히는 결과를 가져왔다.

진화 생물학계의 진일보를 가져온 그 기술의 발표 직후 세계 곳곳에서 러브콜이 쇄도했고, 그 가운데 막스 플랑크 진화 인류학 연구소로 마음이 기울 무렵이었다. 난데없이 화성 생명체 연구소에서 영입 제안이 날아들었다. 화성에 대해서는 일반인 이상의 관심을 가져본 적이 없는 진화 생물학자에게 화성을 연구하자는 제안이라니. 하지만 현재까지 축적된 화성 생명체의 유전 정보가 미미하기는 하나

지구의 진화 모델을 응용하는 과정에 내가 발표한 분자시계 보정 기술을 도입한다면 화성 생명체의 계통 연구에 시행착오를 줄일 수 있을 것이라는 연구소의 설명이 나를 자극했다.

한편으로는 주저되기도 했다. 지구에서도 화석만으로는 계통 연구가 쉽지 않았다. 화석이 결코 모든 것을 말해주지는 않을뿐더러 생명체가 화석으로 남는 일 자체가 기적에 가깝기 때문이다. 진화 연구에는 현존하는 생명체가 절대적으로 필요했다. 하지만 나사의 우주 생물학 연구소를 비롯해 비교 생물학, 계통 분류학 등 진화 생물학계 전반의 권위자들이 모여 화성의 과거를 밝히겠다는 야심 찬 계획은 충분히 매력적이었다.

하지만 결정적인 이유는 정작 단순했다. 앞으로 더 많은 화석이 발견되고 연구되더라도 변치 않는 사실, 즉 언제인가 존재했던 생명체들이 더는 남아 있지 않는다는 사실이었다. 이것은 더욱 단순하고도 심원한 질문으로 나를 추동했다. 화성의 생명체는 왜 모조리 멸종했는가.

화성 반려견들, 품종 간 경계 허물며 빠른 속도로 대형화

6차 이주가 마무리된 뒤 한동안 잠잠하던 화성으로부터

날아온 소식이었다. 지구 전체가 술렁이는 가운데 그럴 줄 알았다는 반응도 심심찮게 들려왔다. 지구와 유사한 환경을 갖춘 거주 지역이라지만 그곳에서 별난 일이 일어나기를 바라며 좀이 쑤신 사람들이 있었던 것이다.

애초에 지구의 전철을 밟지 않겠다는 목표로 떠난 이주민들이 반려견의 품종 따위를 애써 유지할 리는 없었겠지만, 단 2세대 만에 흔히 말하는 잡종견의 모습에 수렴한 화성 반려견의 소식은 다시금 화성 이주에 대한 높은 관심과 우려를 동시에 불러일으켰다.

곧바로 조사단이 꾸려졌지만 화성 이주민들은 이들의 방문을 거부했다. 이유는 간단했다. 내버려두라는 것. 6차 이주로 규모가 더욱 커진 이주민 집단은 보다 다양한 직군의 구성원을 갖추며 자치와 자급자족 시스템을 시험 가동 중이었다. 그들의 목소리가 커진 것은 당연했다. 이주민을 대표하는 자치단은 자신들에게 실험실의 쥐가 아닌 개척자로서의 지위를 온전히 보전해줄 것을 요구했다.

"요즘 정신없겠어요."

몇 주 만에 화상통화로 만난 카푸르 박사의 첫마디였다. 화성 반려견들의 급격한 변화 원인을 밝혀내라는 요청이 우리 연구소로 쇄도하는 중이었다.

"원래 무작위 교배를 거듭하면 품종 간 경계가 무너지지요?"

카푸르가 당연한 걸 물었다.

"물론이에요. 수 세대에 걸쳐서라면요. 그런데 거의 모든 품종이 단 두 세대 만에 같은 모습에 수렴한다는 건 불가능하죠. 지구에서라면요."

"지금의 화성 기후가 영향을 줬다고는 보기 어렵다는 게 기후 연구소 입장인데… 화성에 무슨 일이 있긴 있다는 게 은서의 입장인가요?"

"제 입장이 아니라 포유류 연구실을 포함해서 이쪽 연구소 전체가 그 문제에 골몰하고 있는데, 답이 안 나와요."

"그럴 만해요."

무엇보다 이곳에서는 아무것도 확인할 수 없다는 점이 치명적이었다. 포유류 연구실에서는 반려견들의 일부를 지구로 데려와 달라고 국제 화성 이주 기구에 계속 요청하는 중이었다. 대형화의 원인이 화성 환경이라는 가설을 입증하기 위해서는 지구에서 태어나 화성으로 이주한 1세대 중 생식 능력이 남아 있는 개체들, 그리고 아직 완전한 대형화가 이루어지지 않은 2세대를 데려와야만 했다. 화성에 남은 실험군과 지구로 데려온 대조군을 최대한 유사한 조건하에 두고 그 자손의 자손들을 지속적으로 관찰한 결과, 화성에서만 대형화가 일어난다면 가설이 입증되는 것이다. 정확히 어떤 환경이 대형화의 원인인가를 찾는 큰 숙제는 남겠지만.

"이주민들이 계속 거부하면 연구소 이사회라도 움직여야 할 상황이에요. 이주 자치단이 거절하지 못할 협상 카드를 내밀어야죠."

"닥터 장."

카푸르가 나를 다른 이름으로 불렀다. 할 말이 있다는 뜻이었다.

"말씀하세요, 박사님."

"이주민들이 오로지 함께 살기 위해 데려간 개들이에요. 맞지요?"

카푸르의 짧은 한마디가 내게 다른 걸 묻고 있었다.

당신은 오랜 질문에 매달리는 사람이 아니었나요.

화면 안에서 카푸르의 암갈색 눈동자가 조용히 일렁였다. 끝도 없이 질문에 빠져들 때면 소용돌이치곤 하던 젊은 카푸르의 눈동자가 떠올랐다. 내 앞에 있는 사람이 카푸르가 아닌 해린이었어도 마찬가지였을 것이다. 같은 눈동자로 나를 바라보았을 것이다. 카푸르를 대할 때마다 해린을 떠올리지 않을 수 없는 것은 셋의 오랜 인연 때문만은 아니었다.

화성의 협곡에서 다량의 체화석이 발굴되었다. 3년 만의 발굴 소식을 들은 화성과 지구는 간이 검사 결과만으로도 흥분을 감추지 못했다. 형태만으로도 이전까지 발견된 원시 생명체에 비해 월등히 고등해 보인다는 사실에 화성 생명체 연구소는 그 어느 때보다 의욕에 넘쳤다.

그러던 어느 날, '행성의 한때'라는 제목의 사진 한 장이 인터넷에 나돌기 시작했다. 오랜만에 교체된 국제 화성 이주 기구 홈페이지의 대문 사진으로, 이주민 주거지인 거대 돔 안에서 찍은 것이었다. 유리벽 바깥으로는 멀리 솟은 올림퍼스 화산과 그 위에 드리운 푸른 저녁 구름이, 유리벽 안쪽으로는 초본식물로 덮인 녹지와 야트막한 공동 주택 지구가 보였다. 사람들의 시선을 붙든 것은 이 풍경의 끄트머리에서 공을 차는 한 무리의 이주민이었다. 사진은 멀리서나마 처음으로 이주민들의 일상을 담았다는 점에서 이주 예정자들의 큰 관심을 불러일으켰으며 이내 대중들에게 급속도로 공유되었다. 역광으로 인해 실루엣으로 표현된 이주민들, 그들 사이에 떠 있는 공, 멀찍이 떨어진 곳에서 어슬렁거리거나 자기들끼리 어울려 뒹구는 대형 반려견들의 모습에서 사람들은 대체로 낯설면서도 평화롭고 목가적인 생활을 연상했다.

듣던 대로 급격히 달라진 반려견들의 모습을 놓고도 많

은 이야기가 오갔다. 그들의 섭식과 사육 환경에 대한 궁금증이 폭증하는가 하면, 그들이 화성에 가고서야 본래 모습을 찾았다며 지구에서도 이제 품종 유지라는 이름의 학대와 그것에 빌붙어 이득을 취하는 각종 반려동물 산업을 중단해야 한다는 목소리가 거세게 일었다.

한편 누군가는 지구와 미묘하게 다른 거주지의 대기압과 중력을 이주민들의 자세와 공의 위치에 적용해 공의 속도와 운동 방향을 추측했다. 뒤이어 다른 누군가가 그것을 토대로 한 시뮬레이션 동영상을 제작해 인터넷에 올렸다. 그러자 '화성에서 축구 하면?'을 시작으로 '화성에서 야구 하면?', '화성에서 헤엄치면?' 같은 가상 시나리오와 애니메이션이 꼬리를 무는 등 '화성에서' 시리즈가 잇달았다. 그동안 베일에 싸인 채 인류에게 들려준 신화와 미스터리를 모두 거두어들이는가 싶던 화성이 이제는 민낯을 드러내고 새로운 이야기를 들려주기 시작한 것이다.

개발을 반대하는 목소리에 신경을 곤두세우던 국제 화성 이주 기구가 이 반응을 이주 예정자뿐 아니라 이주에 대해 반감을 지닌 대중 사이에 형성된 일종의 호감으로 해석하며 안도할 무렵이었다. 그 안도를 무색하게 하는 또 한 장의 사진이 돌기 시작했다.

'표정 잃은 이주민들'

누군가가 원본에서 이주민들만 잘라내어 역광과 모자이크를 걷어내고 얼굴을 복원한 사진이었다. 또렷하지는 않아도 이목구비 정도는 알아볼 수 있는 그 사진 속에서 이주민들의 표정은 보면 볼수록 어딘가 어색했다. 단체 촬영을 위해 카메라 앞에 선 경우라면 그럴 만도 했다. 하지만 공놀이에 열중한 순간에 한두 사람도 아닌 모든 사람의 표정이 굳어 있다는 건 충분히 의아했다.

의아함은 의아함으로 끝나지 않았다. 억지로 연출된 사진이라는 추측성 댓글과 각종 SNS 게시물은 순식간에 이주민들의 실상에 대한 의혹으로 이어졌다. 화성 거주지의 환경이 지구와 유사하다는 것은 거짓이며, 안정적이라고 보고되는 그들의 생활상도 지속적인 모집을 위한 미끼일 뿐이라는 것이었다. 이주민들이 가혹한 환경에서 개척 자원으로 소모되고 착취당하고 있다는 추측이 들불처럼 번졌다.

더는 두고 볼 수 없다고 판단한 국제 화성 이주 기구가 진화에 나섰지만 이번에는 이주민들의 가족과 지인들이 들고일어났다. 대부분의 이주민이 신상 공개를 원치 않은 까닭에 그들의 가족 역시 그동안 스스로를 드러내지 않고 있었지만 혹독한 환경과 착취, 거짓 보고의 의혹 앞에서만큼은 동요하지 않을 수 없었던 것이다. 화성에 가 있는 가족과의 직접적인 통신을 요구했고, 심지어는 가족의 귀환을 요청하기도 했다. 여기에 인권 단체들까지 가세하면서 여론은 걷잡을 수 없이 거세졌고, 결국 국제 화성 이주 기구는 차기 이주 예정자들의 출발을 잠정 연기하는 것으로 급한 불을 끄기에 이르렀다.

하지만 어디를 가나 이주민들에 관한 이야기가 끊이지 않았다.

"화성 이주민 왕따설, 도피설이라. 이건 좀 심한데요."

"올 게 온 거지. 내가 그랬잖아. 좀 있으면 이주민들이 공격당할 차례라고. 이제 봐. 신상 털리고 난리도 아닐걸."

"신상까진 모르겠고, 들춰보면 하나씩은 문제 있는 사람들일 거라고는 하더라고."

"무슨 소리야. 이주 심사가 얼마나 까다로운데. 본인은 물론이고 사돈의 팔촌 신상까지 탈탈 털리고 간 사람들이야."

"전과나 신용 불량 같은 문제 말고요. 사회생활이나 인성, 정신 건강에 하자 있는 사람들이었을 거다, 그런 얘기죠. 유기견들만 모아서 데려간 거 가지고 처음엔 뭐라고들 했어요? 신인류다운 아름다운 동맹이네 뭐네 안 그랬어요? 근데 이젠 뭐래요. 끼리끼리 갔다잖아요."

"진짜 못 하는 말이 없네. 화성에서 들으면 얼마나 속 터지겠어."

"속 터질 거 있나. 지구에서 짖거나 말거나 신경 끊고 있을 텐데. 그러려고 간 사람들 아니야?"

"지구에 남은 가족들이 괴로우니 문제죠."

사람들은 이주민들이 화성으로 향한 이유보다 지구를 떠난 이유를 찾으려고 했다. 화성 생활에 대해 아는 것이 많지 않은 만큼 그들이 살다 간 지구에서의 삶을 캐내고 흠집을 내지 못해 안달이었다. 하지만 그것은 이주민들에게 조금도 타격을 주지 못했다. 속앓이와 수모는 지구에 남은 가족들의 몫으로 고스란히 돌아갔다.

하다하다 이러한 온갖 억측과 비난의 출처가 실은 커피 종자 복원 사업이라는 소문까지 나돌았다. 강원도의 종 복원 연구소 뒤에 브라질의 거대 자본이 있으며 이들이 얼마 전 화성 기후 연구소, 지질 연구소 등을 통해 화성에서의 커피 재배 가능성 여부를 타진했다는 것이다. 소위 업계 소문이었다. 정치적 안정과 자국민을 먹여 살릴 수 있는 천연자원을 등에 업은 브라질이 저물어가는 지구의 마지막 강자로 발돋움하던 차에 국경 없는 화성 사업에까지 눈독을 들인다는 대목은 섬뜩하면서도 그럴듯했다. 만약 그것이 사실이라면 이주민들은 완전한 자급자족을 눈앞에 두고 있을 만큼 충분한 농업 환경과 인력을 갖추었음에도 커피 재배만큼은 받아들일 수 없다고 거세게 반발했을 테고, 이것이 종 복원 자본의 심기를 크게 건드렸으리라는 추측도 충분히 가능했다.

화성에서 난 것은 화성에서 소비한다.

이주민들이 내건 구호는 얼핏 이기적으로 들렸다. 값을 매길 수 없는 인류의 오랜 열망과 탐구와 노고의 결실을 자기들만 누리겠다는 것으로 보일 법했다. 실제로 많은 이들이 이를 두고 괘씸함을 감추지 못했다. 한마디로 누구 덕에 거길 가놓고 유세를 떠느냐는 것이었다.

물론 이주민들을 지지하는 여론도 만만치 않았다. 그들이 살다 간 삶은 어떤 형태로든 지구의 내일이 될 것이기에 그들은 지구에 빚진 것이 없으며, 그들의 땅에서 난 것은 그들의 땅으로 돌아가야 마땅하다는 것이었다. 유기물이든 무기물이든 그 땅에서 소비하지 않을 것을 생산하는 것은 결국 그 땅을 황폐하게 할 것이라는 이유였다. 이주민들에 따르면 화성은 인류에게 미래의 거주지인 동시에 현재 지구의 자원 공급처가 될 수 없다는 것이었다. 그 둘의 양립은 지구 멸망에 대비한 제2의 지구를 시작부터 파괴하는 모순된 행위였다.

"그래도 그 사람들 표정은 정말 수수께끼야, 안 그래?"

거기에는 누구도 동의하지 않을 수 없었다. 이 모든 풍문의 시작인 그 사진을 떠올릴 때면 정말로 화성에 어떤 거대한 음모가 있는 건 아닐까 하는 순진하고 대책 없는 의문에 사로잡히곤 했다. 정작 화성 이주민들은 그 논란을 직접 들을 일도, 거기에 일일이 대꾸할 일도 없었다. 지구인들의 피로만 늘어갈 뿐이었다. 뒤늦게 지구의 상황을 전해 들은 이주 자치단이 짧은 입장을 표명했다.

지구에서는 지구의 삶을 살아가시라.

인류의 갈등이 지구를 벗어나 수천만 킬로미터의 거리만큼이나 아득해지는 동안 나는 나대로 진척 없는 연구 때문에 속을 태우고 있었다. 미세한 형태 차이를 보이는 몇 개의 화석 집단 관계에서 논리적 오류를 발견했기 때문이다. 염기서열 시퀀싱 결과 이 집단들은 공통 조상에서 갈라져 나온 근연종이 아니라 동일한 혈통, 즉 조상과 후손의 관계로 드러났는데, 문제는 그 순서였다. 방사성 탄소 연대 측정 결과 오래된 화석일수록 조금 더 발달한 기관이나 새로운 기관을 갖춘 고등한 형태를 띠었다. 역시나 더 깊은 지층에서 발굴된 화석이 보다 고등해 보이는 것이었다. 지층을 기둥 모양으로 잘라내 뒤집어놓으면 납득이 될 순서로 화석이 매장돼 있었다. 특별한 지각 변동이 있었거나 지층 형성 과정에서 특별한 사건이 있었던 것처럼.

보정을 위한 OSL(Optically Stimulated Luminescence) 지층 연대측정 결과도 마찬가지였다. 화석 주변에서 채취한 수많은 지층 표본마저 화석이 쌓인 순서가 틀리지 않았다고 말하는 것이다. 표본이나 데이터가 부족했던 연구 초기를 지나, 이제는 멀리 떨어진 여러 지역에서 채취된 화석 집단에서도 같은 현상이 나타나고 있었다. 개체 차원의 환원 유전이 아니었다. 집단 전체가 보이는 이 말도 안 되는 흐름은 말도 안 되는 딱 한 가지 가설로밖에는 설명되지 않았다.

화성의 생명체들은 시간이 흐르는 동안 고등한 상태에서 하등한 상태로 퇴화했다.

해린이 들었다면 환호했을까. 나도 모르게 속으로만 되뇐 문장이었지만 누구에게 들킬세라 얼굴이 화끈거렸다. 어떤 종도 그 시작이 더 고등한 형태일 수 없었다. 창조되지 않는 한.

이대로 연구를 지속할 수는 없었다. 화성 현지 연구소에서 보내온 간이 분석 결과에서 결함이 발견되었다는 명목으로 그동안 지구로 수송된 화석 분류 작업부터 중단시켰다. 비교적 짧은 기간 동안 많은 화석이 발견되어 지구로 쏟아져 들어오는 바람에 화성 생명체 연구소와 협력을 맺은 여러 연구소에 화석들을 나누어 들려 보낸 것이 다행이라면 다행이었다. 개별적으로 의뢰받은 화석들만 분석하던 각각의 연구소에서는 종과 종 사이의 관계에 대해 알 수 없기 때문이었다. 전 세계가 이목을 집중하고 있는 연구가 엉뚱한 방향으로 가고 있다는 오명은 일단 유예한 셈이었다.

인공지능에게 화석의 형태를 학습시키는 일부터 다시 시작할 때였다. 포유류 연구실의 마이클 리가 할 이야기가 있다며 나를 찾아왔다.

화성의 농업이 궤도에 오른 데 이어 수년 내에 시작할 축산업의 준비로 관련 연구원들이 눈코 뜰 새 없이 바쁠 때였다. 가금류의 목축이 성공한 뒤에야 차례가 올 것이기에 돼지와 소 같은 포유류를 보낼 일은 아직 멀었을 텐데도 포유류 연구실이 다른 연구소 못지않게 허둥대는 데는 다른 이유가 있다고 했다. 개가 문제였다.

화성에 간 반려견들이 단 2세대 만에, 즉 어떤 품종의 1세대에서 비롯하더라도 손자 세대가 비슷한 늑대 개로 수렴한다는 것은 이미 알려진 바였다. 한데 최근에 입수된 바에 따르면 그 과정이 1세대에서 2세대로, 2세대에서 3세대로 도약하는 계단식이 아니라, 2세대와 3세대가 자라는 동안, 즉 생애에 걸쳐 품종의 형질을 버리고 늑대개의 형질을 획득하는 것으로 보인다는 것이다. 그것이 사실이라면 각기 다른 품종이 낳은 자손들이 자라면서 비슷해지는 과정을 눈으로 볼 수 있다는 뜻이었다.

그러고 보니 마이클 리는 일찍이 화성 반려견의 급격한 외형 변화를 연구하기 위해 화성 파견을 자처했다가 이주자치단으로로부터 거절당한 바 있었다.

"그건 그렇고, 제가 요즘… 연구실에서 따돌림을 좀 당하고 있는데요…."

가슴이 철렁했다. 마이클 리의 본론이 시작될 모양이었다. 그제야 그의 휠체어가 시야에 들어왔다.

"혹시, 윤리 심의 위원회의 도움이 필요하신가요?"

그에게 이런 말을 건네게 될 줄은 몰랐다. 늘 밝고 씩씩해서 잘 지내는 줄 알았다. 얼굴을 아는 그의 동료 연구원들 몇몇이 빠르게 머릿속을 스쳤다.

"네…?"

마이클 리가 놀란 얼굴로 되묻고는 이내 맥없이 웃었다.

"박사님, 그게 아니라…."

그는 화성 이주민들의 무표정에 대해 표정 근육 퇴화설을 제기했다가 동료들로부터 웃음만 샀다고 했다.

"사실은 웃음도 비웃음도 아니었어요. 귓등으로도 안 듣더라니까요. 사람 무안하게."

포유류 가운데 영장류의 얼굴만이 뼈가 아닌 진피 아래

에 붙은 섬세한 표정 근육을 지녔다. 포식자를 발견하고 젖이나 먹이를 먹는 데 쓰는 안면 근육 외에도 소통을 위한 근육을 추가로 발달시킨 결과였다.

"어, 박사님도 안 웃으시네. 놀라게 해 드렸나 봐요. 죄송합니다."

혼란스러운 내 표정을 살피며 마이클 리가 말했다.

"저희 팀 오해하셨다면 거둬주세요. 요즘 일에 치여서 다들 까칠하긴 해도 박사님이 걱정하시는 그런 일 없습니다. 근데 한 가지 못마땅한 점은 있네요. 사람들이 상상력이 없어요, 상상력이…."

다짜고짜 그의 휠체어와 윤리 심의 위원회부터 떠올린 나 자신이 부끄러워질 때였다. 웃음기 가신 그의 얼굴이 조용한 혼란과 의문에 잠기는 것을 보는 순간, 심장이 쿵 내려앉았다. 낯설지 않은 그 표정은 뒤집힌 발굴 순서의 화석 무더기 앞에서 내가 짓고 있었을 표정이었다.

연구실로 돌아온 나는 현기증으로 인해 아무것도 손에 잡을 수가 없었다. 화성 반려견들이 빠르게 늑대개가 되어 가는 것은 국제 화성 이주 기구에서도 인정한 사실이었다. 내 눈앞에는 폐기하려던 가설을 뒷받침하는 화석들이 역순으로 늘어서 있었고, 게다가 정말로 화성 이주민들이 표정 근육을 잃고 있다면…. 그동안 휘청이며 딛고 있던 모호하고 물컹한 바닥이 갑자기 단단해지는 것을 느끼는 순간, 현기증을 제치고 두려움이 밀려왔다.

마구 머리를 털던 나는 한참 동안 눈을 감은 채로 정신을 가다듬으려 애썼다. 마지막까지 풀지 못한 객관식 문제를 읽고 또 읽듯 내 앞에 놓인 터무니없는 보기들을 곱씹었다. 직면한 모든 문제에서 반드시 답을 찾아낸 나를 믿으며. 그리고 마침내 그것들 사이에 숨은 반증을 찾아냈다. 바로 화성 현지 연구원들이었다. 거주 지역과 유사한 환경에서 근무하는 연구원들에 대해서는 지구와 화성을 오가는 동안 발생하는 일시적이고 가벼운 골밀도 감소와 사지 근육 소실 이외의 현상은 보고된 바가 없었다. 표정 근육 퇴화 같은 일은 더더욱.

이성을 회복하자 낭설을 일축할 힘이 솟았다. 애초에 사진 한 장으로 이주민들의 상태를 추측하는 것부터가 잘못된 출발이었다. 그것을 인정하자 나의 잘못된 가설 또한 반드시 바로잡을 수 있다는 믿음도 생겼다. 실로 오랜만에 찾은 마음의 평화였다. 이제는 그 무엇에도 흔들리지 않을 자신이 있었다.

한두 번인가 보고 말았지만 그때마다 불편함을 감출 수 없었던 문제의 사진을 다시 열었다. 그리고 이성의 눈으로 직면했다. 어색한 표정을 감안하더라도 푸른 저녁 구름을 뒤로한 채 뛰노는 사람들의 모습 하나하나에서 느껴지는 것은 분명한 역동감과 자유로움이었다. 그렇게 천천히 옮겨 가던 내 시선이 블랙홀을 만난 듯 어느 한 곳에 꼼짝없이 붙들렸다.

해린이었다.

의심과 혼란을 걷어내고 무심히 바라본 사진 속에 해린이 있었다. 7년이라는 시간과 수천만 킬로미터의 거리가 일그러뜨려 놓은 시공간 속에서도 나만은 알아볼 수 있었다. 그곳에서도 여전히 머리를 올려 묶으며 공을 향해 달려오는, 해린이라고 믿은 순간 더는 해린이 아닌 그 누구일 수 없는 사람을.

이해린.

헤어진 뒤 처음으로 소리 내어 해린을 불렀다. 그러자 이해하려는 일도 찾는 일도 포기했다고, 그저 안녕하기만을 바랄 뿐이라고 생각했던 해린이 파도가 되어 밀려들었다. 파도는 한 번으로 끝나지 않았다. 기고문을 읽고 처음 만난 날의 해린부터 무섭도록 연구에 몰두하던 해린, 자신이 들려준 옛이야기 속에 한없이 빨려들던 해린, 언성을 높이다가는 제풀에 지쳐 넋을 놓던 해린까지, 하나의 파도가 그 다음 파도를 불러오며 나를 잠기게 했다. 나는 더는 떠올릴 것이 없을 때까지 마음껏 해린을 추억했다. 내 안에 가득

찬 파도가 눈물이 되어 넘칠 때까지.

다시 한번 해린을 찾으러 가야 했다.

캄캄한 진공을 가로지르는 날들이 계속됐다. 출발 전에는 강도 높은 훈련과 교육을 받고 왕복선에 탑승한 뒤로는 안정제와 각종 보조제를 달고 살았지만 수시로 불안과 소화불량과 무력증이 엄습했다. 태어나서 한 번도 화성을 꿈꿔본 적이 없어서 더 그럴 거라는 농담으로 동료들이 초행인 나를 격려했다. 이걸 견디며 화성에 갔을 해린을 생각했다. 이주민들과 그들을 따라나선 개들을 생각했다. 홀로 잠수정을 이끌고 심해로 내려간 김윤경 박사를 생각했다.

김윤경 박사와 해린이 남긴 무수한 자료가, 해린이 옮겨 다닌 자취들이 너무도 뻔히 가리키고 있기에 나로서는 거들떠보지도 않았던 것을 해린은 정말로 찾고 있었다. 그 너머의 다른 것이 아니었다. 역진화 혹은 퇴화, 그 자체였다. 두 가지 표현 모두 용납하지 않았던 해린에 따르면 그저 또 다른 진화를.

"이 진화는 틀렸어."

해린은 오래전부터 인류의 진화에 지극히 회의적이었다. 자연의 일에 옳고 그름이 어딨느냐고, 어떻게 가치를 부여하느냐고 반박해도 소용없었다. 진화란 우연이 연속한 결과일 뿐이라는 스티븐 굴드의 정의도, 인류가 아니었다면 또 다른 종이 현재 인류의 생태적 지위를 손에 넣었으리라는 사이먼 모리스의 주장도 해린에겐 휴지 조각이었다. 예리하고 냉철한 해린도 이때만큼은 막무가내였다. 돌이킬 수 없는 인류의 진화를 혼자 떠안고 자책이라도 하는 듯했다.

"인류는 진화의 어디쯤에 머물렀어야 해. 거기로 돌아가야 한다고."

시간이 갈수록 자책은 확언이 되어갔다.

"돌아가긴 어떻게 돌아가. 네가 말하는 어디쯤이 대체 어딘데."

나도 지치도록 물었다.

"생태계의 일원이었을 때지. 인류가 다른 종을 자원으로 삼기 전."

나만 바라보지 않는, 나만 사랑하지 않는 해린을 사랑했었다. 내가 해린이 끌어안은 지구 위의 작은 점인 것으로도 족할 만큼 해린의 사랑은 뜨겁고 거대했다. 그 사랑이 그제야 버거웠다. 처음으로 해린의 크고 복잡한 사랑 안에 더는 내 자리가 없는 날이 올지도 모른다고 생각했다. 얼굴이 붉어지도록 맞서던 우리는 시간이 지날수록 조용히 물러날 줄 알게 되었다. 격렬히 섞였던 탓에 하나의 액체인 줄 알았던 세계가 물과 기름처럼 조용히 분리되는 시간이었다. 결코 평균값에 이를 수 없는 두 개의 비중이 언젠가는 선명한 경계면을 이룰 것을 예감했으면서도 해린이 그렇게 눈앞에서 사라질 줄은 몰랐다. 세계의 물리적인 분리는 말할 수 없이 당혹스러웠다. 해린을 찾아 헤맨 것은 차라리 그 선명한 경계면을 눈으로 확인하고 싶어서였는지도 모르겠다.

우주를 가로지르는 동안 나의 바람 또한 긴 궤적을 그리며 다른 곳을 향했다. 화성에서 해린을 만나지 못한다 해도 좋았다. 경계면 너머의 해린이 끝까지 놓지 않은 줄다리기에서 이겼기를, 해린이 그토록 찾으려고 했던 것이 부디 거기에 있기를 간절히 바랐다.

왕복선이 착륙을 알렸다.

"먼 길 오셨습니다."

검역소에서 꼬박 하루를 보내고서야 연구 단지에 들어선 우리를 현지 연구소장이 반겨 맞았다. 우리는 안내에 따라 연구 시설을 둘러본 뒤 저마다의 방문 목적에 따라 각 연구실로 흩어졌다.

"이렇게 뵙네요, 스완슨 박사님."

화성 생명체 연구소에 처음 발을 들일 때만 해도 화성에서 최초의 생흔 화석을 찾아낸 장본인을 만나게 될 줄은 꿈에도 몰랐다. 지구 귀환 당시 갓 서른이던 클로이 스완슨은 백발의 수석 연구원이 되어 있었다.

"미리 보내신 질문들에 대해서는 차차 답변드리겠고요…."

그가 나를 자리로 안내하며 말했다.

"장 박사께서 개인적으로 의심하시는 게 있다고 봐도 되겠습니까?"

예상치 못한 질문에 가슴이 철렁했다. 지구에서 보낸 질문들은 스완슨 박사 개인이 아닌 화석 연구실 앞으로 보낸 것이었다. 행여나 내 분석의 오류가 노출될까 봐 최대한 우회한. 그런데 그 질문들에서 나의 의중을 읽었다는 건 그가 보통 예리한 사람이 아니라는 뜻이다.

"대답하지 않으셔도 됩니다. 대신에 제가 들려드릴 이야기가 있어요. 장 박사님이라면 흥미로워하실 것 같은데."

스완슨은 최근에 발견한 화석들의 간이 분석 결과 중 연대 측정 결과가 조금 별나다며 말문을 열었다.

"여기에서도 연대 측정을 하고 계신다고요? 현지 연구소장 교체 후 중단된 걸로 아는데요. 전달받은 게 전혀 없습니다."

"쉿."

스완슨이 과장된 몸짓을 하며 윙크를 보내고는 말을 이었다. 화성 지각에서 찾아보기 어려운 원소들이 최근에 발견한 화석 집단에서 보인다는 것이다. 특히 고등생물의 화석에서. 이야기가 심상치 않은 방향으로 흘러갈 때였다.

"연구소 본부에서 저를 마땅찮아하는 건 아실 테고…."

그가 갑자기 화제를 돌렸다. 전임 소장이 건강 문제로 사임할 무렵, 현지 연구원들이 만장일치에 가까울 정도로 지지한 인물이 바로 클로이 스완슨이었다. 그럼에도 본부는 굳이 다른 인사를 소장으로 임명했다.

"혹시 제가 가지고 있는 연대 측정 결과가 궁금하시면 보여드릴 수 있습니다. 단, 본부에는 비밀이에요. 안 그랬다간 저 잘립니다. 돌았다고 할 거거든요."

그는 같은 의심을 품지 않고서는 찾아낼 수 없는 단서들을 내 질문에서 훤히 들여다보고 있었다. 본부의 귀환 명령에 불복하고 화성에 남아 끝내 생흔 화석을 찾아낸 사람. 나를 이 자리에 있게 한 사람. 그가 나와 같은 의심을 품었다는 사실이 반갑기는커녕 두려웠다.

해린이 그토록 간절하게 쫓다가 마침내 찾아낸 것이 진화의 역행이라 해도, 그 맨 처음이 고등한 생명체라는 것만은 설명할 길이 없었다. 창조가 아니라면 남은 것은 하나뿐. 화성으로 오는 동안 줄곧 의심한 그것이었다.

"재밌는 내기 하나 할까요?"

클로이 스완슨이 야릇한 미소를 띠며 말했다.

"저는 이쪽에 걸겠습니다. 이곳 화성에서 발견된 생명체들의 맨 처음 조상이…"

나는 뒤이어 그에게서 듣게 될 말을 정확히 알았다.

"화성 바깥에서 왔다는 데."

한 점 가루가 된 내가 아득한 진공 속으로 빨려드는 것만 같았다. 도무지 잠들 수 없는 화성의 밤이었다. 수억 년 전에 이미 성간 여행을 할 만큼 고도로 발달한 그들은 도대체 어디로부터, 왜 이곳을 찾아왔을까. 해린을 만날 일만으로도 피할 수 없던 불면이 이 행성을 찾아와 스러져간 존재들의 잔영에 눌려 깊어만 갔다.

"거주 지역 내부 방문은 절대 불가해요. 저희 쪽에서 이주민 대표들 접견할 때 개방되는 장소까지만 안내해드릴 겁니다. 어렵게 연락은 해뒀는데, 글쎄요. 그분이 나오실지는…"

국제 화성 이주 기구 직원 하나가 소형 비행체로 나를 실어 가며 일렀다. 거주지를 둘러싼 거대 유리 돔 입구까지는 그리 오래 걸리지 않았다. 접견 장소 앞까지 안내한 직원은 밖에서 대기하겠다며 나를 들여보냈다. 화성에 도착해서부터 들려오던 기압 유지 장치의 옅은 소음이 몇 배나 크게 들리는 듯했다. 내 심장 소리 같기도 했다.

머지않아 맞은편 문이 열리고 해린이 들어섰다. 그 순간 이 프레임을 잘게 쪼갠 영상처럼 느리게 흘렀다. 17년 전, 처음 만난 그날처럼. 다만 해린의 표정만큼은 달라 보였다. 무표정했다.

"오랜만이네."

"정말 오랜만이네."

쉽게 변하지 않는 것이 목소리라지만 7년 만에 들어서일까. 아니면 지구를 완벽히 재현하지 못한 대기 성분과 기압 때문일까. 소리도 중력의 영향을 받는 것일까. 얼굴을 보고 있지 않았다면 해린이라고 믿기 어려운 목소리였다.

"늦었지만 사과할게. 그렇게 떠난 거."

해린이 긴 침묵을 깼다.

"할머니가 잠깐 정신이 돌아온 적이 있어. 흐릿하던 눈이 갑자기 그렇게 또렷할 수가 없더라. 놀랐지. 할머니가 손을 들어서 창밖을 가리켰어. 밤하늘을."

해린은 김윤경 박사가 가리키는 밤하늘을 보며 처음에는 아무것도 연상할 수 없었다고 했다. 김윤경 박사는 의아해하는 해린을 보며 싱긋 웃고는 밤하늘을 향해 뻗은 손을 살랑살랑 움직였다. 물고기의 헤엄 또는 새의 날갯짓처럼.

그 순간 해린은 기억해냈다. 언제인가 그렇게 함께 누워 쏟아지는 별을 보며 김윤경 박사가 할머니에게 들었던 이야기를 들려주던 밤을.

해녀였던 그 할머니는 어린 김윤경과 함께 누워 밤하늘을 가리키며 자신의 할머니에게서 들은 이야기를 들려주었다. 우리는 언젠가 저 하늘의 어느 별로 돌아가 편히 쉬게 되리라고, 그때는 이렇게 잘난 사람의 모습이 아니어도 좋으리라고, 물고기라도 좋고 새라도 좋으리라고. 죽은 시아버지의 첩까지 모시며 해가 떠서 질 때까지 멈출 수 없는 물질로 생계를 이어야 했던 할머니의 고단함을 채 알지 못하면서도 어린 김윤경 박사는 그 아름다운 이야기를 들으며 왈칵 울음을 터뜨렸다. 그리고 얼마 뒤, 할머니는 바다에서 영영 돌아오지 않았다.

"할머니는 한동안 정말로 자기 할머니가 물고기가 된 줄 알았대."

김윤경 박사의 연구 일생은 바다에서 돌아오지 않은 자신의 할머니와 그에게 들은 이야기들로부터 시작되었다. 그것은 곧 그 이야기들이 절대 허튼 데서 오지 않았다는 것을, 실존과 실재에서 왔다는 것을 밝혀내겠다는 결심이었다. 해린의 연구가 김윤경 박사의 삶과 그에게 들은 이야기로부터 시작된 것처럼.

"그날 또렷한 할머니 눈에서 봤어. 할머니가 어떤 세계를 확신한다는 걸. 인류는 되돌아갈 수 없어도 어떤 개체는 되돌아갈 수 있는 세계. 그래서 시작했어. 할머니의 연구 순서를 따라가기를. 할머니가 남긴 설계도를 따라가기를."

"여기도 박사님 계획에 있었어?"

"지구에 없다면 지구 밖. 할머니의 계획은 거기까지였어. 그다음부터는 내 몫이었고. 여기가 아니라면 또 다른 어디일 거고."

김윤경 박사의 뒤를 잇는 것으로 시작했다가 그를 따라잡고 마침내 뛰어넘어 이곳에 이른 해린. 할머니를 삼킨 바다를 제대로 파헤치기 위해 섬을 떠나 뭍으로 향한 젊은 날의 김윤경 박사. 어쩌면 자신의 할머니를 뒤이어 조금 더 멀리까지 가보려다가 돌아오지 못한 김윤경의 할머니…. 그들은 어딘가를 가리키는 지도를 이야기에, 유전자에 숨겨 후대에 전해오기라도 한 것일까.

하지만 여전히 의문이 남아 있었다. 해린은 어째서 화성 연구소로 향하지 않았을까. 어째서 이주민이 되어 이곳에 있는 걸까. 아무런 장비도 도구도 없는 곳에서 대체 무얼 하려고.

"관찰이나 연구로는 절대 닿을 수 없는 곳일 테니까."

해린이 내 의문에 답했다. 목소리가 처음과는 또 달라

졌다고 느끼며 해린을 바라보는 순간, 나는 그 자리에 얼어붙고 말았다. 흰자위가 보이지 않을 만큼 커다란 두 눈동자가 해린의 안공을 가득 채우고 있었다. 흡사 유인원의 눈동자 같았다. 두 눈이 나를 향하면서도 나를 보지 않았다. 간절히 원하고 좇던 세계를 담고 있는 것만 같았다.

"우리가 종 단위로 진화를 정의하는 동안 그 흐름 밖에 있었을 개체들을 늘 생각했어…."

해린의 말이 부쩍 느리고 어눌해졌다. 발성 기관까지 변하기라도 하는 듯이.

"조상보다 나아지지 못한… 종의 이름으로 기억되지 않는… 마지막까지 제 생을 제 의지로 살다 간… 절대 패자라고 부를 수 없는 개체들…."

종이 아닌 개체를 볼 것.

해린은 이곳에서 몸소 그다음 문장을 쓰고 있었다. 해린은 이러려고, 이렇게 되려고 온 것이었다. 그렇게 찾던 세계, 그것이 되려고.

"할머니의 옛날이야기를 들을 때마다… 아주 오래전의 내 얘기 같았어…. 사무치게 그리워서… 돌아가지 않고서는… 견딜 수 없는 세계가… 그 안에 있었어…. 할머니도… 그랬을… 거야…. 할머니의… 할머니의… 할… 머… 니… 도…."

눈물이 차오르면서 눈앞의 해린이 일렁였다.

"미안해…. 이렇게… 멀리… 와버려서…. 너를… 더 사랑하지… 못해서…. 나를… 너무… 사랑해서…."

굳어가는 성대와 입술로 한 어절씩 힘겹게 내뱉는 그 말이 아마도 해린에게서 듣는 마지막 말이 될 것 같았다. 내 눈물을 천천히 닦아주는 해린의 손바닥이 거칠고도 따뜻했다. 해린이 내 손을 잡고 가만히 끌어다 펴게 했다. 그리고 내 손바닥에 점 두 개를 찍은 다음 그 아래에 커다란 호를 천천히 그렸다. 나는 가만히 내려다보았다. 웃음을 그리는 해린의 손등과 팔뚝에 자라기 시작한 털을.

해린은 무엇인가를 더 말하려다가 목구멍을 긁듯 올라오는 거친 소리를 꿀꺽 삼켰다. 더는 발성이 불가능한 듯 괴로워 보였다. 해린을 더 붙잡아둘 수 없었다. 경계면 너머로 보내야 했다.

나는 해린의 거친 손을 잡고 맞은편 문 앞까지 함께 걸었다. 그리고 손을 놓고 마지막 인사를 건넸다. 해린의 미소를 손에 꼭 쥔 채.

"잘 가. 그리고… 잘 있어."

안녕, 내가 사랑한 아름다운 생명체.

해린은 물끄러미 나를 바라보다가 고개를 끄덕이고는 돌아섰다. 그리고 문을 열고 걸어 나갔다. 팔다리에 자라난

긴 털이 해린의 걸음을 따라 물결쳤다. 창밖 멀리서 어슬렁거리던 늑대들이 해린을 향해 하나둘 고개를 돌렸다. 그들은 해린을 알아본 듯했으나 해린에게 다가가지는 않았다. 해린과 늑대들은 서로의 공간을 침범하지 않으려는 듯 멀찍이 떨어진 채 서로를 의식하며 들판을 향해 걸었다.

 잠시 후 늑대들이 하나둘 속도를 냈다. 곧이어 해린의 발걸음도 빨라졌다. 마침내 늑대들이 모두 달리기 시작했고, 해린 역시 달리듯 땅을 박차며 빠른 걸음을 뗐다. 그리고 갑자기 멈춰 서더니 옷을 벗기 시작했다. 나는 숨죽인 채 그 모습을 지켜보았다. 옷을 벗어 던진 해린이 천천히 상체를 굽혔다. 그리고 구부정한 채로 다시 달리기 시작했다. 네 발로.

 그때였다. 여기저기 흩어져 있던 사람들의 허리가 하나둘 굽기 시작했다. 이윽고 모든 사람이 선 채로, 걷는 채로 네 발이 되었다. 사진에서처럼 하늘 빛깔과 대비를 이루는 보색 구름이 낮게 깔린 저녁이었다.

 나는 두 발이 붙박인 채 오래도록 지켜보았다. 간절히 소망해온 세계를 향해 달음질치는 그들을. 개체 하나하나가 온전한 세계인 세계를. 그리고 나 또한 오래전에 그곳에서 왔다는 생각에 휩싸였다.

문답

길상효

종이 아닌 개체를 볼 것. 해린은 이곳에서 몸소 그다음 문장을 쓰고 있었다. 해린은 이러려고, 이렇게 되려고 온 것이었다. 그렇게 찾던 세계, 그것이 되려고.

> '모계 전승'이라는 화두 안에는 아주 긴 세월과 수많은 삶들, 그리고 상당히 강인하고 끈끈하고 거칠기도 한 여러 갈래의 생각과 심상이 담겨 있습니다. 이 화두를 떠올리게 된 이유는 무엇인가요?

모녀 서사를 연결해보자는 데서 이 기획이 출발했습니다. 개별적인 모녀 이야기를 횡으로 병렬하는 대신에 종으로 잇는다면 그 연속성을 타고 흘러내리는 강력한 서사가 드러날 거라고 생각했어요. 차마 거부할 수 없어서 또는 기꺼이 물려받는 무엇도, 기어이 끊어내고야 마는 무엇도 의미 있는 이야기가 될 거라고요.

> 이 작품은 우리가 익히 알고 있는 '진화'의 시계를 거꾸로 돌린다는 발상에서 시작해요.

생명의 나무의 가장 끝자락에 등장해 너무도 빨리, 스스로 진화의 방향을 정해버린 인류가 이 이야기의 소재인 만큼 그 화살표의 방향이 과연 절대적인가 하는 의문을 제기하고 싶었습니다. 종이 아닌 개체 차원에서 일어나기는 하지만 진화의 방향을 거스르고 조상의 모습으로 돌아가는 환원유전도 모티브가 되었고요. 그 환원유전이 실은 "그 방향은 틀렸어.", "나는 돌아갈래." 하는 의지가 개입된 결과라는 상상을 더해보았습니다.

> "종이 아니라 개체를 볼 것." 이 작품은 처음부터 끝까지 이 문장에 대한 탐구라고 해도 과언이 아닙니다. 등장인물들도 독자들도, 작가님도 이 문장을 끈질기게 추적하셨으리라는 생각이 들어요.

생물학적으로 종을 막론하고 진화의 대세에 탑승하지 않고 제자리에 머물다 간 소수를 조명하고자 했습니다. 더 뾰족한 부리, 더 긴 목, 더 강한 턱뼈를 갖지 못해 무리보다 일찍 죽음을 맞았을지언정 제 삶의 온전한 주인공이었던 개체들 말이에요. 이따금 '인류'라는 통칭에서 벗어나고 싶은 개인적인 충동도 이 이야기의 한 축이 되었습니다. 원한 적도 없는 욕망이 인류의 이름을 내걸고 전시될 때마다 당혹스러워요. 그 욕망이 다수가 아닌 소수와 그들의 자본이 낳은 것일 때면 무력감마저 느끼고요. '종이 아닌 개체'는 이 폭주 기관차를 결코 멈춰 세울 수 없다는 걸 알면서도 안간힘을 놓지 않는 연약한 개인들이기도 합니다.

> 자신을 인간이라는 종 안에서 '개체'로서 조명해보신다면요?

학창 시절, 벌레를 보면 기겁하고 비명을 지르는 친구들

사이에서 태연히 자다 깨는 아이였어요. 인류가 독충을 알아보지 못하고 숱하게 희생되는 과정에서 벌레를 본능적으로 두려워하게끔 진화했다고 하잖아요. 그러니 저는 이쪽으로는 제대로 진화하지 못한 인간인데, 종 전체의 생존에는 저 같은 개체도 꼭 필요합니다. 다 같이 혼비백산할 게 아니라 누군가는 벌레를 잡거나 쫓아야 하니까요. 지금도 저는 집에서 벌레잡이를 담당하는 개체입니다.

> 최근 작 『나의 먼 이름에게』(창비 2025)에서도 그렇지만 이번 단편에서, 오랫동안 많은 문화권에서 '남성' 비유의 전유물로 여겨온 '늑대'와 '여성'을 연결짓는 시도를 하셨습니다. 작가님의 최근 페르소나처럼 보이는 '늑대'에 대해 더 하고 싶으신 이야기가 있을까요?

인간과 뗄 수 없는 개로 진화한 고대 회색늑대는 생물학적으로도, 서사의 주인공으로서도 저를 강렬히 사로잡습니다. 농장주와 정부의 결탁으로 악마화되고 무차별적으로 사냥당해온 근현대의 늑대는 또 어떻고요. 유럽의 침략자들은 토착민뿐 아니라 그들이 존경하고 숭배한 늑대마저 증오하고 도륙했어요. 심장이 터지도록 대지를 달리던 늑대가 인간의 손에 처형되고 장난감 같은 품종으로 개량된 역사에서 여성의 야성이 박탈되어

온 역사를 떠올리지 않을 수 없었습니다. 이 이야기에서 역진화가 개발의 논리를 거스르는 의지이자 여성의 원형과 야성으로의 회귀로 읽히기를 바랐습니다.

> 만약 진화의 흐름에서 벗어날 수 있다면, 작가님은 해린과 은서의 삶 중 어느 쪽을 선택하실 건가요?

고민할 것도 없이 해린의 삶입니다. 할 수만 있다면 인류가 진화의 단계 어디쯤으로 돌아가 다시 시작했으면 좋겠습니다. 느리고 무심하게.

> 이 작품을 읽을 여성 독자에게 한말씀 부탁드립니다.

종의 정의에서 벗어난다 한들 어때요. 저마다의 우리는 이미 온전한 개체인 걸요.

거짓말쟁이의
새벽

구은나리

쌍둥이 사이에는 뭔가 불가사의한 것이 있다는 말이 있다. 한쪽이 아프면 멀리 떨어져 있는 나머지가 아픔을 느낀다거나, 똑같은 음식을 먹고 싶다고 느낀다거나. 쌍둥이로 태어난다는 건 평생의 친구 또는 평생의 아군이 있다는 말이라고도 한다. 아주 어렸을 때는 지효도 그 말에 고개를 끄덕였을지도 모른다. 지효와 지인이 서로를 흉내 내며 어른들을 혼란스럽게 할 수 있을 만큼 닮았던 어린 시절에는. 적어도, 아홉 살이 되던 겨울, 자기만 한 달을 입원해 있기 전까지는.

설 연휴가 끝나고 집으로 돌아오던 차 안에서 지효는 갑자기 스르륵 정신을 잃었다. 잃었다고 한다. 지효는 그 무렵의 일을 제대로 기억하지 못했다. 집에 가려던 차가 그대로 병원으로 방향을 돌렸다. 원인을 알 수 없는 고열과 호흡 장애. 진단서에는 그렇게 적혔다. 열은 내렸다가 다시 40도 가까이 올라갔고 지효는 몇 번이나 정신을 잃었다. 숨을 제대로 쉬지 못했고, 산소 포화도가 너무 떨어져서 인공호흡기를 달았다. 감염 수치는 높지 않았다. 독감부터 비슷한 증상이 나온다는 모든 병을 의심했지만, 어떤 병도 아니었다. 학교에 결석하고 한 달을 병원에서 보낸 후에야 열이 완전히 내려가서 퇴원할 수 있게 됐지만, 병원에서는 스트레스처럼 정신적인 문제로 이런 일이 생기는 경우가 있다고만 말했다.

한 달 사이 너무 많은 것이 바뀌었다. 병원에 오지 않던 아빠는 엄마와 헤어졌고, 퇴원해서 간 집도 원래 살던 집이 아니었다. 아무도 아빠 이야기를, 예전 집 이야기를 하지 않았다.

모두가 일시적인 증상이길 바랐지만, 그렇지 않았다. 퇴원하고 넉 달 뒤 지효는 지인과 함께 엄마를 기다리다 그 자리에서 머리를 붙잡고 주저앉았다. 운동회 날 아침에는 침대에서 일어나다가 다리를 움직이지 못해서 그대로 고꾸라졌다. 증상도 일정하지 않고 간격도 제멋대로였다. 엄마의 차를 타고, 구급차를 타고, 몇 번이나 병원에 실려갔다. 원인 불명의 두통, 원인 불명의 근육 마비. 뒤에 적힌 말들은 달랐지만, 앞부분은 매번 '원인 불명'이었다. 처음 아팠을 때와 달라진 건 하나였다. 매번 입원하는 기간이 사흘을 넘기지 않는다는 거였다. 길어야 이틀. 지효는 격

통으로 병원에 갔지만 길어야 이틀 안에 증상이 없어졌고, 애초에 왜 아팠는지 모르는 상태로, 멀쩡해져서 학교로 돌아왔다.

그사이에 지인은 학교에서 두드러지는 학생이 되어갔다. 미술대회에서 특상, 수학경시대회 학교 대표, 합창단, 오케스트라 악장. 두 사람 모두 학교에서 이름만 말하면 아는 사람이 되긴 했다. 지인은 대회마다 상을 타는 사람이나 조명을 받는 사람으로, 지효는 툭하면 쓰러져서 병원에 가는 사람으로. 병원에서 돌아온 지효는 아무 데도 아픈 데가 없는 사람처럼 보였기 때문에, 언제부턴가 뒤에서 수군거리기 시작했다. 맨날 저러잖아. 아팠던 거 맞아? 어른들은 걱정하듯 말했다. 부모가 애 응석을 너무 받아주는 거 아니야? 처음 아팠을 때 다들 놀라서 오냐 오냐 해줘서 애가 버릇 든 거지. 지인이 반만 어른스러워도 좋을 텐데. 가끔은 지효에게 직접 말하기도 했다. 조금 아파도 좀 참아보라거나, 아프면 좋겠다고 생각하면 안 된다거나. 지인과 엄마는 그때마다 지효 편을 들어주었지만, 지효는 그게 하나도 기쁘지 않았다.

그때부터였다. 지효는 원인 불명의 통증이 찾아올 때마다 일기장에 '원인 불명 기록부'를 썼다. 아팠던 날짜, 시간, 지속 시간, 부위, 아픈 정도. 자신의 통증이 아무 예고도 없이, 서로 관련도 없이 나타나더라도 그 통증은 분명히 자신에게 진짜였다는 것을, 기록하지 않으면 안 될 것 같아서였다.

열한 살 때, 지효는 TV에서 영화를 보았다. 〈트윈스〉라는 제목이었다. 근육질에 키가 큰 남자와, 키도 작고 배도 나오고 머리도 벗겨진 남자 둘이 쌍둥이로 나왔다. 둘은 유전학으로 세상에서 가장 뛰어난 사람을 만들겠다는 연구로 태어났는데, 쌍둥이가 된 것은 예측 밖이었다. 한 명은 연구에서 의도한 대로 뛰어난 유전자를 모두 가지고 태어났는데, 다른 한 명은 정반대의 유전자를 가지고 태어났다. 영화는 두 사람이 어떻게든 서로를 이해하고 행복해지는 해피엔딩으로 끝났지만, 지효는 그 영화가 아무래도 해피엔딩으로 보이지 않았다. 영화는 줄곧 지효와 지인의 이야기 같았지만, 결말만큼은 아니었다. 지효는 지인과 사이좋게, 어른이 되어서도 서로 둘도 없는 사이로 살 수 있을 것 같지 않았다.

15분 먼저 태어난 건 지효지만 사람들은 모두 지인을 언니로 봤다. 뭐든 다 잘 하는, 인사성이 밝은, 못하는 게 없는, 어른스러운 지인. 그리고 툭하면 아프다고 하지만 의학적으로는 아무 문제도 없는, 거짓말쟁이 지효. 지효는 지인과 묶여서 비교되는 것이 끔찍하게 싫었다. 그래서 중학교 배정을 받을 때 간절하게 바랐다. 부디 지인과 다른 학교가 되게 해 달라고. 아프지 않게 해달라고 빌었을 때는 이뤄지지 않던 소원이, 이번에는 이루어졌다. 학교에서 지인에게 특목고 준비를 권한 1학년 말엔, A 중학교 이지인과 B 중학교 이지효를 연결시키는 사람도 없어졌다.

수업을 하다가 갑자기 팔이 안 움직인다거나 배가 아프다거나 해서 엄마가 학원까지 몇 번 뛰어온 뒤, 지효는 학원을 그만두었다. 지효의 의사는 아니었다. 학원 원장님이 지효가 학원을 다니고 싶어 하지 않는 것 같다고 말했기 때문이었다. 그렇지 않다고 엄마가 말했지만 소용없었다. 지효가 수업 중에 돌발 행동을 하는 바람에 학생들이 많이 불편해한다는 게 원장이 뒤늦게 밝힌 진짜 이유였다. 학생 부모님들이 B 중학교 이지효는 꾀병으로 유명하다고 항의했다고도 했다. 그런 말까지 듣게 되자 엄마는 결국 학원을 그만두자고 말했다. 도서관이나 스터디 카페에 갔다가 또 쓰러질지 몰라서 지효는 하굣길에 가까운 편의점을 들르는 정도 외에는 거의 방에 틀어박혔다. 친구들과 함께 외출하는 건 상상도 하기 어려웠다.

원인 불명 기록부의 페이지가 점점 채워져갔다. 증상도 다양해지고, 통증이 사라질 때까지 걸리는 시간도 다양했다.

— 2월 3일, 다섯 시 반에서 여섯 시 반. 복통. 찢어지는 것 같은 느낌과 뭔가 속에서 쏟아지는 것 같은 느낌. 생리통과 비슷하지만 세 배쯤 강함.
— 7월 12일, 저녁 여덟 시에서 열 시. 팔꿈치 아래가 빠져나갈 듯이 아픔.
— 10월 25일, 손가락 마디가 타는 것 같이 아프다가 무릎 아래로 힘이 들어가지 않음. 밤 아홉 시 이십오 분에서 열한 시.

병원에 가기 전에 통증이 사라지는 경우도 있고, 사흘을 입원해야 하는 경우도 있었다. 그런 기록들이 하나씩 쌓여간다고 해서 지효에 대한 소문이 가라앉지는 않았지만, 적어도 스스로를 의심하지 않을 수 있었다.

"언니 진짜 나랑 같은 학교 다니는 거 싫어? 언니가 괜찮으면, 나는 특목고 안 가고 언니랑 같은 학교 쓸 거야."

"안 괜찮아. 언니라고 부르지 말라고. 그냥 이름 불러. 이지인, 너는 외고든 과학고든 가. 네가 나랑 같은 학교 다니는 거 질색이니까. 꾀병 이지효가 이지인이랑 쌍둥이라고 놀리는 거 또 듣기 싫다고."

"꾀병 아니잖아, 사람들한테 내가 말할게."

"외고 가라고! 너 외고 안 가고 나랑 같은 학교 오면 나 학교 관둬버릴 거니까!"

지인은 한참 지효를 보더니 한숨을 쉬고는 제 방으로 들어가 버렸다.

아빠가 예뻐했던 지인은 엄마가 아빠와 헤어진 뒤 한 번도 아빠 이야기를 하지 않았다. 지효가 아프지 않다면 두 사람은 헤어지지 않았을지도 모른다. 그런데도 지인은, 계속해서 지효한테 언니라고 부르려 했고, 지효 옆에 있으려 했다. 지인은 외고에 합격했고, 기숙사에 들어가면서 주말이 아니면 만날 일이 없어졌다. 지효는 지인이 집에 돌아오는 주말이면 같이 밥을 먹긴 했지만, 외고 수석 입학 이지인과 꾀병 이지효가 가까워질 수는 없었다.

태블릿 화면 가득 푸른 들판 사진이 보였다. 지효는 한참 사진을 물끄러미 보다가, 사진 옆에 적힌 글을 읽었다.

[겨울이 긴 이 도시에서는 봄기운이 그렇게 반가울 수가 없어요. 길고 긴 겨울이라도 언젠가는 끝난다는 걸 알려주거든요. 다 지나가리라, 다 지나가리라. 그렇게 속삭이는 봄날입니다.]

은조 강, 이모의 SNS였다. 그 아래로 익숙한 몇몇 이름들이 댓글을 달아둔 것이 보였다. 이모와 같은 병원에서 근무하는 간호사들과 이모 친구들이었다. 지효는 그 아래에 댓글을 달려고 하다가 그냥 하트 표시만 눌렀다.

참 신기한 일이었다. 언제나 이모의 SNS에는 지효가 듣고 싶어 하는 말이 적혀 있었다. SNS뿐만 아니라 이모가 그런 사람이기도 했다.

5년 전 공항에서 처음 만났을 때도 그랬다. 가족들이 모두 십몇 년 만에 한국으로 돌아오는 은조 이모를 맞으러 나갔을 때였다. 먼저 알아본 엄마가 이모를 불렀고, 이모가 고개를 돌려 가족들을 보자마자 지인이 먼저 다가가서 반갑게 인사했다. 이모는 지인에게 조금 웃어주고는, 잘 인사도 하지 못하고 쭈뼛대는 지효에게 다가와서 인사해왔다.

"네가 지효구나. 만나서 반가워. 난 엄마 동생, 은조. 처음 만나는 사람이 갑자기 이모라고 해서 놀라지 않았나 모르겠다."

지인이 이름을 말했으니 나머지 하나가 지효라는 건 당연한 일이었지만, 이모가 자기 이름을 불러주는 데 놀라며 지효가 꾸벅 마주 인사했다.

"너는 엄마보다 조카가 먼저 눈에 들어오냐?"

함께 있던 할머니가 퉁명스럽게 말했다.

"위독하시다더니, 한국 의학이 놀랍네요. 제가 그 소식

듣고 사흘 만에 왔는데, 그새 다 나으셨나 봐요."

그날의 일은, 고등학교를 자퇴하고 검정고시로 대학에 간, 간호사가 되고 몇 년 만에 갑자기 가족들 아무도 모르게 호주로 이민을 간 이모를 한국에 불러들이기 위해서 할머니가 계획한 일이었다. 이모는 곧장 비행기표를 변경해서 호주로 돌아갈 준비를 했다. 한국에 있는 사흘도 호텔에서 묵었다. 할머니도 삼촌도 이모를 붙잡을 수 없었다. 얼음장 같은 것. 할머니가 명절에 이따금 말하던 대상이 은조 이모라는 걸 지효는 그때 알았다.

다시 호주로 돌아가면서, 이모는 지효와 지인에게 자신의 SNS와 이메일 주소를 알려줬다. 엄마한테 말하기 힘든 일 있을 때 연락해도 되고, 그냥 연락해도 괜찮고. 그렇게 말하며 이모는 환하게 웃었다. 은조 이모는 두 사람에게는 얼음장이 아니라 오히려 다정하고 따뜻한 사람이었다.

지효는 텅 빈 자신의 SNS에 들어갔다. 아무 사진도, 아무 글도 없이 기본 프로필 그림만 있는 페이지였다. 이모와 연락하기 위해서가 아니라면 만들지도 않았을 거였다. 지인의 페이지로 넘어갔다. 급식 사진이 수십 장 올라와 있었다. 외고 급식을 궁금해하는 사람이 많은지, 가끔 댓글이 달린 게 보였다. 가장 최근에 올린 급식 사진에는 로브스터 구이가 있어서 댓글이 더 많았다.

― 나는 갑각류 알레르기라서 대신 돈까스 받았음. 로브스터 맛있음? 안 먹어봐서 궁금함.

― 돈까스 맛있었겠다! 로브스터는 거대 맛살 맛 같아. 앗, 맛살은 먹을 수 있어?

― 맛살은 괜찮. 거대 맛살 맛. 담에 맛살에 치즈 올려서 먹어보겠음.

지인의 친구인지, 친숙하게 댓글이 오가는 게 보였다. 학교에서도 친구들과 잘 지내는 모양이었다.

지효가 은조에게 처음 보낸 메일은, 지인의 이야기로 가득했었다. 거기도 〈트윈스〉 이야기를 썼었다. 어쩌면 우리 둘 중에 뛰어난 건 모두 지인이에게 갔는지도 모르겠다고. 나는 1년에 한 달 넘게 학교엘 못 가는데, 지인이는 감기도 잘 걸리지 않는다고. 엄마는 둘을 비교해서 뭐라고 하거나 하진 않지만, 나머지 사람들은 모두 둘을 비교한다고. 나는 왜 태어났는지 모르겠다고. 마지막으로 지효는 이렇게 썼다. 이모는 쌍둥이가 아니시니까, 비교당한 적은 없겠지요?

은조의 답장은 그다음 날 바로 왔다.

[안녕, 세상에 오직 하나뿐인 지효야.]

메일의 제목을 한참 들여다보다가, 지효는 떨리는 손으로 메일을 열었다.

[안녕, 지효야. 이모한테 메일 보내줘서 고마워. 이모를 믿고 이렇게 속이야기를 해줘서 너무 기쁘구나. 이모가 최대한 빨리 읽으려고 했는데 답장이 늦지는 않았는지 모르겠네.

엄마 이름이 은수, 이모 이름이 은조인 거 알지? 엄마는 빼어날 '수'를 쓰고 이모는 도울 '조'를 쓴단다. 그런데 자랄 때, 이름을 정말 잘 지었단 말을 얼마나 들었는지 몰라. 지효 엄마, 내 언니, 은수 언니는 정말 너무나 이상적인 맏딸이었거든. 어른들에게는 공손하고, 학교에서는 모범생이고, 모두에게 다정다감하고. 나는 그렇지 않았어.

내 이름에는 누군가를 도우라는 의미가 담겨 있을 텐데, 나는 누군가의 도움이 필요한 사람이었단다. 구구단을 몇 살 때 외웠더라. 뭘 배우든 늦어서 어릴 때는 언니 뒤만 졸졸 따라다녔어. 언니랑 같은 중학교를 다녔는데, 선생님들이 늘 그랬어. 은조 걔, 은수 동생. 고등학교도 똑같이 들어갔지. 졸업하지는 못했어. 이런저런 일이 있어서. 아마 선생님들은 또 그랬을 거야. 은수 동생인데 자퇴라고?

언니는 좋은 사람이지만, 언니와 같이 있으면 내가 너무 작아지는 기분이 됐어. 언니를 사랑하는데, 언니를 싫어할까 봐 무서워졌지. 우리가 떨어져 살지 않았으면 어떻게 됐을까? 아주 작은 일로 언니를 싫어하게 되어서, 그게 아주 오랫동안 풀리지 않았다거나 하면 너무 슬플 것 같아. 내 이름을 싫어하게 됐을지도 모르지. 영영.

여기서 간호사로 일하면서 난 사람들에게 내 이름을 자주 말해주곤 해. 한국 이름은 뜻을 가지는데, 내 이름은 도와준다는 뜻이라고. 환자나 친구들이 나한테 잘 맞는 이름이라고 말해준단다. 나도 그렇게 생각해.

언제든 이모한테 메일 보내도 돼. 나는 지효를 돕고 싶으니까. 세상에 하나밖에 없는 지효야. 네가 새벽을 맞이할 날이 올 거라고 믿어.]

며칠 뒤에 지인과 지효에게 국제 특송으로 조그만 소포가 도착했다. 지인에게는 가죽으로 된 다이어리를, 지효에게는 영화에 나올 것 같은 체인식 회중시계를 보낸 거였다. 지인은 속지를 갈아가며 계속 그 다이어리를 썼고 지효는 기분이 나빠지거나 원인 불명의 통증이 온 뒤면 항상 회중시계를 귀에 대고 똑딱똑딱 울리는 소리를 들었다. 그 시계 소리를 듣고 있으면 어쩐지 안심이 됐다. 마치 이모가 옆에서 자신을 끌어안고 괜찮아, 괜찮아 말해주는 기분이었다.

그 뒤로도 여러 번 메일을 보냈다. 성적이 잘 나오지 않는다거나, 친구들과의 사이가 어렵다거나 하는 일부터 친척들과의 사이가 불편하다거나 하는 일까지도. 이모는 늘 다정하게 답장을 보내줬다.

그러다가 지효는 문득, 은조가 호주로 이민을 간 시기가, 자신이 태어나고 얼마 되지 않았을 때라는 걸 깨달았다. 지효와 지인은 아예 안 닮았다고 할 정도는 아니지만, 돌 사진에 나란히 찍혀 있는 둘은 충분히 닮았지만, 지금 두 사람은 쌍둥이가 아니라 사촌지간이라고 해도 사람들이 이상하게 생각하지 않을 거였다.

가족들 몰래 취업 이민을 준비하고 갑자기 떠나버린 사람. 먼저 인사하러 온 붙임성 있는 조카를 지나쳐 굳이 지효에게 와서 인사를 건넨 사람. 출근하기 전 바쁜 아침 시간에 답장을 써 보낸 사람. 만약 그게, 지효가 자기 딸이기 때문이라면, 그래서 두 사람 중에 자기 딸인 지효에게 마음이 쓰인 거라면. 그렇다면 지인과 지효가 쌍둥이면서 성격도 체질도 전혀 다른 것도 이해가 됐다. 게다가 은조가 말했다. 언니는 모든 것이 뛰어난 사람이고, 자신은 누군가가 도와줘야 하는 사람이었다고. 뭐든 뛰어난 지인이 진짜 엄마의 딸이고, 지효 자신은 사실 이모의 딸이라면, 너무나 자연스러운 일처럼 느껴졌다.

지효는 그 말을 누구에게도 하지 않았다. 자신만 알고 있는 소중한 비밀로 간직하고, 은조의 SNS에 새 글 알림을 켜두고 은조가 어떻게 지내고 있는지를 봤다. 언젠가, 어른이 되어서 뭐든 자신의 뜻대로 할 수 있게 되면 그땐 은조에게 말해볼 생각이었다. 이모가 엄마인 거 알아요. 나도 호주에서 살고 싶어요. 새파란 호주 하늘 아래, 넓게 펼쳐진 설원 위에, 은조와 함께 살고 있는 모습을 상상했다.

고3이 되면서 특강이니 자율 학습이니 등등으로 저녁을 먹고 나서도 학교에 있는 학생들이 늘었지만 지효는 어느 것도 참가하지 않았다. 수업 중에도 갑자기 쓰러지곤 하는 마당에, 일부러 집 밖에 있는 시간을 늘릴 이유가 없었다. 첫 학부모 상담에서는 2학년 때까지의 학교생활 기록부를 엄마와 지효, 선생님이 함께 보았다.

"지효가 학교 활동이 그렇게 많은 편이 아니어서, 학생부 종합 전형으로는 조금 부담이 있을 것 같고요. 학생부 교과 전형 중심으로 수능 최저 등급을 맞추면 갈 수 있는 대학으로 살펴보는 게 좋을 것 같은데, 어떻게 생각하세요?"

국어과인 담임 선생님은 부드럽게 웃으면서 에둘러 말했다. 학교생활 기록부의 평가가 좋을 리가 없었다. 과제는 시기를 놓치기 일쑤, 수행 평가 시간에도 발작하듯이 쓰러지기 일쑤라 교과 선생님들이 지효를 좋게 평가하기는 어려웠다. 10분 전까지 멀쩡하게 앉아 있던 애가 배가,

팔이, 다리가, 머리가 아프다면서 정신을 잃었는데 결국 아무 데도 아픈 데가 없다더라는 말을 듣고 나면, 아무리 좋게 보려고 해도 좋게 볼 수 없기도 할 터였다.

"수능 최저 등급이라면 보통 어느 정도 등급이 나와야 하나요?"

담임 선생님은 시 안에 있는 대학에 가기 위한 최저 등급을 컴퓨터 화면을 통해 보여주었다. 고3이 될 때까지 모의고사를 끝까지 치러본 적이 한 번도 없었기 때문에, 지효는 자신이 어떤 등급이 나올지 알기 어려웠다.

"수능을 칠 수는 있을까요?"

지효가 중얼거렸다. 엄마가 지효를 보았다. 선생님이 난처하게 조금 얼굴을 붉혔다.

"지효가 올해 들어서는 입원도 거의 안 했고, 아픈 간격도 2학년 때보다는 넓은 편이니까, 나아지고 있는 게 아닐까? 가능성을 아예 막지는 말자. 정 불안하면 세 개는 최저가 없는 데로 넣는 방법도 있고."

"그게 좋겠네요, 선생님."

지효는 한참 이야기를 나누는 엄마와 담임 선생님을 마치 동영상을 보는 것처럼 거리를 두고 보았다.

작년 2학기 기말고사 때도 마지막 날 시험을 못 쳤다. 올해는 나아졌다지만, 얼마 전 모의고사가 있던 날에도 아침에 일어나질 못했다. 그런 일이 계속됐는데, 수능 시험 날 아무 일 없이 아침부터 저녁까지 한자리에 무사히 앉아 있을 수 있을까. 지효는 영어 듣기 평가 때마다 남들보다 몇 배는 긴장했다. 듣기 평가 방송이 나오는 도중에 갑자기 통증이 느껴져서 소란스럽게 하면, 같은 교실에 있는 학생들은 뭐라고 할까. 다행히 고등학교에 온 뒤에는 그런 일이 없었지만, 수능 시험 날도 무사할 수 있을지는 알 수 없었다.

엄마와 함께 학교를 나섰다. 엄마는 담임 선생님과 한 이야기를 다시 곱씹지도 않았고 입시에 대해서 더 이야기를 하지도 않았다. 엄마는 어제 지인의 학교에 갔었다. 지인의 담임 선생님은 엄마에게 어떤 이야기를 했을까.

"지효야, 소금 롤케이크 들어왔어!"

편의점 문을 빼꼼 열고 아르바이트생 서연이 지효에게 손을 흔들었다. 지효가 집에 오는 길에 종종 들르는 편의점이었다. 늘 같은 회사 우유와 롤케이크를 찾는 지효에게 서연이 신제품 소금 롤케이크를 소개해줬는데, 맛있어서 다시 먹으려고 찾았을 땐 이미 SNS에서 붐이 일어나서 구하기가 어려웠다.

"고마워요, 언니. 이거 인기 있어서 저 아니라도 금방 팔릴 텐데."

"전도를 했는데 책임을 져야지. 농담이고, 마침 네가 들어가길래 부른 거야. 일부러 빼둔 것도 아닌걸. 있을 때 몇 개 더 사 가. 어머니도 맛보시고요."

서연의 말에 엄마가 롤케이크 세 개를 더 집어 함께 계산했다. 주말에 오는 지인과 함께 먹을 몫이었다.

집에 가자마자 롤케이크 네 개는 바로 냉장고에 들어갔다. 엄마와 함께 저녁을 먹고, 한참 방에 앉아 있던 지효를 엄마가 불러냈다. 소파 앞 테이블에 잘 잘라둔 롤케이크와 우유가 놓여 있었다. 학교에서 선생님과 나눈 이야기를 더 이어서 하고 싶은 모양이었다. 지효는 롤케이크 조각 하나를 입에 넣었다. 처음 먹었을 때처럼 달콤하고 짭짤한 맛이었다.

"지인이는 어디 써? 수시."

지효는 괜히 지인이 이름을 불러 왔다. 엄마 관심이 자신이 아닌 다른 곳으로 가길 바라는 마음과, 그러지 않았으면 하는 마음이 뒤섞였다.

"응? 아직 고민 중이래. 심리학과랑, 뭐였더라, 법도 재미있고, 프로파일링? 경찰 쪽 일도 관심이 있대."

"관심 있는 것도 많네."

지효는 케이크를 먹으면서 중얼거렸다. 지인이는 수능 시험을 끝까지 칠 수 있을까 고민하지 않아도 되겠지. 다른 지역에 있는 대학에 가게 되면 이제 집에는 거의 안 돌아오게 되려나. 지인이 경찰이나 변호사가 되는 모습은 상상할 수 있었는데, 자신이 스무 살이 된 모습은 상상이 되지 않았다.

"지인이는 지인이고, 지효는 지효니까. 너는 네가 하고 싶은 거 하면 돼."

"대학을 안 간대도 괜찮아?"

엄마는 조금도 놀라지 않은 표정으로 웃었다.

"안 가도 돼. 조금 더 생각해보고 나중에 가고 싶어지면 그때 가도 되고."

그건 어쩐지, 네가 대학에 가는 건 기대도 안 한다는 말처럼 들렸다. 엄마는 늘 그랬다. 모두가 지효를 보고 꾀병을 부린다고, 정신적으로 문제가 있는 거라고 말하는데도 엄마는 매번 지효를 믿었다. 매번 깜짝 놀라며 뛰어와서 병원으로 데려가고, 퇴원해서 기쁘다고 말하고, 걱정하지 말라고 했다.

"하고 싶은 거야 의사 하고 싶지. 도대체 내가 왜 이러는지 나도 알고 싶으니까. 근데 안 되잖아. 고등학교 공부도 겨우겨우 하는데 이 성적으로 의대 갈 수 있을 리도 없고."

엄마가 지효를 보았다. 지효는 엄마의 얼굴을 보고는 어쩐지 더 화가 나서, 소파에서 벌떡 일어났다. 안 된다고 말해줘. 다른 사람들은 다 그렇게 말할 테니까. 너 같은 꾀병쟁이가 의사라니, 비웃을 테니까.

순간, 배가 찢어질 듯이 아팠다. 찢어질 듯이 아프다는 말조차 부족했다. 격통과 함께 숨을 쉴 수가 없었다. 배에서 시작된 통증이 몸 전체로 퍼져나가며 심장을 쥐어뜯기는 것처럼 가슴이 아프더니 눈앞이 흐릿해졌다. 지효는 숨을 쉬려고 애쓰다가 그대로 고꾸라지면서 정신을 잃었다.

일어나보니 한낮이었다. 지효는 침대에서 부스스 몸을 일으켰다. 마침 들어온 내과 의사가 지효를 보고 웃음 지었다. 지난 밤 만난 응급실 의사도, 지금 들어온 내과 의사도, 이렇게 응급실에 실려 온 지효를 처음 본 게 아니었다.

"지효 마침 깨어났네. 좀 어때? 이제 좀 나아졌어?"

가슴이 저릿하고 아직 통증이 남아 있었지만, 지난밤처럼 괴로울 정도는 아니었다.

"안색은 많이 좋아졌네. 검사 결과가 나왔는데요, 어머님. 감염 수치는 문제없고요. 어젠 심전도에 좀 문제가 있어 보인다고 말씀드렸었죠. 오늘 아침에는 심전도 검사도 괜찮았어요."

엄마는 조용히 의사의 말을 들었다.

"고3이라고 스트레스를 많이 받나요? 최근엔 괜찮아 보였지만, 학교 분위기도 2학년 때와는 아무래도 다를 테고. 아시다시피 신체가 정신에 영향을 많이 받으니까요."

엄마가 지효를, 의사를 보고는 조금 한숨을 내쉬었다. 너 또 꾀병을 부린 거니. 차라리 그렇게 말을 해주면 좋겠다고 지효는 생각했다.

진통제 때문인지 언제나처럼 이제 다 괜찮아진 것인지 정오 무렵에는 아프지도 않았다. 토요일이어서 학교에 연락하지 않아도 되어 다행이라고 생각하면서 지효와 어머니는 집으로 돌아왔다. 어색하게 엄마와 앉아 있는 게 싫어서 지효는 곧바로 방 안으로 들어가버렸다. 집에 돌아온 지인이, 자신이 또 병원에 갔었다는 걸 아는 게 싫었다. 괜히 태블릿으로 이모의 SNS부터 시작해서 늘 가는 곳을 둘러보는데 진통제 때문인지 정신이 몽롱해졌다. 지효는 책상 위에 엎드려 까무룩 잠들었다.

"뭐? 저런…, 그래, 나도 알지. 싹싹하고 친절했잖아. 신명대 다니는 학생이라고 그랬는데. 그래, 세상에. 어쩜 좋아. 그래 가족들은 어쩐대. 저런."

아련하게 엄마가 전화로 이야기하는 소리가 들렸다. 시계는 벌써 열한 시를 향해 가고 있었다. 지효는 방문을 열고 엄마 쪽으로 갔다. 엄마가 입모양으로 괜찮냐고 물었다. 지효가 고개를 끄덕였다. 엄마가 전화를 끊고는 지효를 보앉다.

"무슨 전화야?"

"아무것도 아니야. 연주 엄마 전화야."

"신명대 학생 누구?"

지효도 신명대 학생을 한 명 알았다. 집에 오는 길이면 늘 만나는 편의점의 서연 언니.

"그, 편의점에서 너 불렀던 학생 있잖아. 오늘 편의점에 그 사람 전 애인이 들어와서…."

지효는 겉옷을 허겁지겁 걸치고 뛰어나가려 했다. 엄마가 지효를 붙들었다.

"지효야. 쉬어. 편의점 가봤자 괜히 경찰들만 만나."

"서연 언니는 괜찮은 거야?"

지효가 물었다. 엄마가 숨을 골랐다.

"배를 너무 깊이 찔렸대. 세상에 어쩌다 그런 인간을 만나서…, 응급실로 옮겼는데 늦었대."

배를 깊이 찔렸다. 폐를 찔렸으면 숨을 쉬기 힘들었을 것이다. 지효는 그 통증을 상상할 수 있을 것 같았다. 어렵게 상상할 필요도 없었다. 지효는 어젯밤의 그 통증을 떠올렸다. 갑자기 숨이 막혔고, 미친 듯이 배가 아팠다. 처음엔 배, 그다음엔 숨을 쉴 수가 없었다. 마지막은 가슴이었다. 그건 맹장염 같은 것도, 위염도 아니었다. 한 번도 겪은 적 없는 강렬한, 찢어질 것 같은 아픔. 그때가 몇 시였더라. 예능 프로가 거의 끝날 무렵, 아홉 시 반이었다.

"그게 언제였는데…?"

"아홉 시 반쯤이었다는데, …지효야?"

지효는 털썩 주저앉았다. 이게 우연일까. 강렬한 기시감이 머리를 때렸다. 아니, 처음이 아니었다.

중학교 3학년 때, 갑자기 발목이 아파서 절뚝거리며 집에 가다가 지효가 주저앉았던 날, 지인이 다쳤다. 뒤를 따라온 사람을 피해서 달리다가 계단에서 발을 헛디뎌 깁스를 해야 했다. 학원 버스가 고장나 버스를 타고 온 날이었다. 학원에서 연락을 받고 나간 엄마가 주저앉은 지인을 발견하고 불렀을 때, 엄마는 급히 도망치는 그림자를 보았다고 했다. 버스에서 함께 내린 사람이었다. 지인은 그가 계속 알 수 없는 욕을 하면서 쫓아왔었다는 걸 기억했지만, 그 사람의 얼굴은 기억하지 못했다. 뒤를 돌아보지 못했으니 당연한 일이었다. 경찰은 아무것도 할 수 있는 게 없다고 했다. 그 뒤로 지인은 학원 버스가 다니지 않는 날이면 집으로 전화를 걸어, 엄마가 택시로 지인을 데려오게 됐다.

똑같은 왼쪽 다리. 지효가 지인의 깁스를 보고 자기가 아팠던 걸 말했을 때, 지인은 헤헤 웃었다. 쌍둥이라서 그런가 봐. 쌍둥이는 텔레파시가 이어진다잖아. 지효는 거기다 대고 원인 불명 기록부 이야기를 할 수는 없었다. 깁스를 풀고 지인이 다시 예전처럼 걷게 될 때까지 계속 마음에만 걸렸을 뿐.

"지효야? 왜 그래? 어디 또 아파?"

어느새 제 방문을 열고 나온 지인이 걱정스럽게 지효를 보고 있었다.

"엄마, 어제 나 아팠을 때, 그때 그 시간이야. 딱 하루 전이야."

지효가 하는 말은 너무 터무니없이 들려서, 지인도 엄마도 몸이 약한 지효가 이상한 생각을 한다고 생각했다. 어디론가 급히 전화를 한 엄마는 돌아온 일요일 아침, 같이 가 볼 데가 있다며 지효를 데리고 나섰다. 주말에 지효만 데리고 외출하는 일은 드문 일이었다. 택시를 타고 마을버스만 다닐 것 같은 산복 도로를 한참 달려, 산 아래를 내려다보는 낡은 빌라에 도착했다. 엄마는 지효에게 별말 하지 않고 3층까지 계단을 올라가, 한 집의 벨을 눌렀다. 지친 표정의, 대학생 정도로 보이는 여자가 문을 열었다.

"전화드린 사람인데요, 딸 문제로."

"네, 들어오세요."

거실의 낡은 쇼파에 노인이 하나, 링거를 맞고 앉아 있다가, 두 사람을 보더니 일어났다. 바퀴가 달린 링거대를 그대로 잡고 노인이 휘청이며 가까이 다가와, 지효를 빤히 쳐다보았다.

"괜히 왔네. 가시게."

"네?"

지효의 엄마가 놀라 물었다. 노인의 눈은 지효를, 지효의 뒤를 계속 보고 있을 뿐, 엄마 쪽으로는 시선도 돌리지 않았다.

"큰 신이 계셔. 네 뒤에 계신다. 네 윗대에도 계시네. 이렇게 큰 신을 모시고 있는 사람은 난 못 본다. 내가 모시는 신께서 시샘하시기 전에 당장 가."

"어머니께서 가시라고 말씀하시네요. 돌아가주세요."

문을 열어줬던 여자가 노인을 부축하면서 말했다. 노인은 뭔가 중얼거리며 쇼파에 앉으면서도 계속해서 눈은 지효를 향해 있었다. 엄마와 지효는 할 수 없이 집 밖으로 나섰다.

"엄마, 여기 뭐 하는 데야?"

"신점 보는 분이야. 갑자기 앓던 사람이 여기 와서 깨끗하게 나았다고 해서, 큰맘 먹고 왔었어."

"내가 아픈 게 귀신 때문이라고?"

"지푸라기라도 잡으려고 그랬어. 너 전에는 아파도, 낫고 나서 이상한 말은 안 했잖아. 그런데 갑자기 네가 아팠던 게 편의점 아가씨 때문이라느니 그런 말을 하니까."

"이상한 말 아니야 엄마. 기억 안 나? 지인이 다리 부러져서 깁스했을 때, 내가 다리 아프다고 절면서 겨우 집에 왔던 거. 내가 아팠던 것도 왼쪽 다리였어."

"그때 일을 왜 또 말해? 그때 생각하면 내가 아직도…. 그건 그냥 우연이야."

엄마는 택시를 잡아 집으로 돌아왔다. 지효는 엄마에게 설명하고 싶었지만, 사례가 너무 없었다. 지인의 일과 서연 언니의 일은 시간의 차이도 컸다. 지효는 입을 꾹 다물고 방에 틀어박혀, 원인 불명 기록부를 꺼냈다. 아플 때마다 뭔가 원인을 알고 싶어서 기록해둔 거였지만, 그 덕에 정확하게 언제 어떻게 아프기 시작했고 얼마나 아팠는지는 알 수 있었다.

이번 일 바로 전은 모의고사 날, 조퇴하고 집에 왔지만 병원에 가지는 않았다. 그 직전, 심하게 아파서 병원에 갔던 건 작년 12월이었다. 학교 축제에서 학급 단체 무대를 준비하던 중에 갑자기 숨을 쉴 수가 없어서 캑캑대다가 정신을 잃었다. 산소 마스크를 쓰고 구급차를 탔는데, 병원에 도착했을 때는 이미 숨 쉬는 게 괜찮아졌다. 12월 23일.

오후 두 시.

"지효야, 뭐 해?"

엄마와 무슨 이야기를 했는지 지인이 걱정스러운 표정으로 문을 열고 들어왔다.

"작년 12월 23일, 아님 그 전날이든, 그즈음에 무슨 일 있었는지 기억나는 거 있어?"

"무슨 일? 어, 우리 집에서? 아니면 지효 너네 학교? 아, 23일이면 너네 학교 축젯날이네. 방학식 전날. 그 학교에서 학폭 터진 날 아니야? 3반이었나? 나 학원 친구한테 들었는데, 다른 반 애가 와서 교실에서 목을 졸랐다던데. 담임 쌤들이 애 찾으러 갔다가 발견해서 난리가 났다고."

"그게 몇 시야?"

"응? 글쎄? 시간까지는 못 들었는데, 축제 무대 한창 하고 있었을 때라니까 네 시는 안 넘었겠지. 왜?"

지효가 병원에 도착했을 때가 두 시 반, 학교로 돌아가도 욕만 먹을 것 같아서 곧장 집으로 왔던 지효는 그 뒤의 일을 몰랐다. 그날은 무대가 예상보다 일찍 끝났다는 것만 나중에 들었다. 이유를 물어도 아무도 말해주지 않았다. 그런 일이 있었다면, 그래서 무대를 빨리 마무리했다면 그 이유를 지효에게 말해주려는 사람은 없었을 터였다.

3반이라면 짐작 가는 애는 하나뿐이었다. 최수빈. 키가 크고 춤을 잘 췄던 애. 축제에 참가하지 못한 건 그 애 하나였다. 단체 댄스에서 최수빈이 맡은 센터가 비어서 무대가 이상해졌다는 말을 들은 기억이 있었다. 그 말을 들었을 때도 지효는 최수빈이 왜 입원했는지 묻지 않았다. 물었어도 말해주지 않았을 것이다. 최수빈은 2월에도 돌아오지 않았고, 새 학기가 되기 전에 학교를 떠났다.

지효가 아팠던 시간과 최수빈이 목을 졸린 사건 사이에는 길어도 한 시간 반 정도의 차이만 있었다.

"갑자기 왜 그러는데?"

걱정하는 얼굴의 지인에게 지효는, 원인 불명 기록부를 펼쳐서 보여주었다. 숨을 못 쉬어서 병원에 감. 오후 두 시에서 두 시 반. 지인은 알지 못하는 이야기였다.

"나 깁스했을 때는 쌍둥이라서 그랬다고 해도, 목 졸린 애는 누군데? 내가 말하기 전까지는 그런 일 있었는지도 몰랐잖아. 그만큼 안 친했던 거잖아. 그냥 우연이야. 아파서 스트레스 받는 건 알겠지만."

"최수빈이라고 해. 그 애. 결석한 애는 걔뿐이었어. 친하지는 않지만, 이름은 알던 애야. 그날 내가 갑자기 목 졸리는 느낌을 받고 숨을 못 쉬었어. 전에는 한 번도 목이 아팠던 적이 없었는데. 최수빈이 목이 졸린 그날. 그게 우연이라고? 서연 언니는? 서연 언니가 찔리기 하루 전에 내가 똑같이 배가 아파서 쓰러졌어. 숨도 못 쉬고, 심장이 멎는 것 같았어. 우연이 세 번이나 일어난단 말이야?"

"다른 날 찾아보자. 다른 날은 아무 관계 없을 거야."

지인의 말에 지효는 원인 불명 기록부에서 다른 날짜를 찾았다. 지인은 자신이 아는 것보다 더 많이 지효가 병원에 갔었다는 것에 먼저 놀랐다.

둘은 기록을 하나씩 거슬러 지효가 아팠던 날과 증상을 찾아냈다. 병원에 갔다가 돌아온 정도의 일은 무슨 일과 이어져 있는지 알 수 없는 게 대부분이었다. 하지만 정신을 잃었거나 입원했던 정도까지 갔을 때의 일은, 태블릿에서 뉴스를 찾아보자 거의 다 비슷한 사건을 찾을 수 있었다. 똑같은 부위. 팔이 빠질 것 같고 눈앞이 빙빙 돌던, 숨을 쉴 수 없었던, 머리가 깨질 것 같던, 등부터 퍼진 통증으로 서 있을 수도 없었던, 그런 순간들이 모두, 이어지는 사건이 있었다.

길거리에서 한 번쯤 스쳐 지나갔을지도 모르는 범위의 사람들이 희생자가 되었을 때, 그 사건이 일어나기 전에 지효가 고통을 느꼈다. 기록부를 모두 넘겨봤을 때 지효와 지인은 믿기 어렵지만 그렇게 결론을 내릴 수밖에 없었다. 딱 한 번, 제일 처음 병원에 입원했던 아홉 살 때를 제외하고, 지효가 아팠다가 아무렇지도 않아진 이후에는 모두 비숱한 사건이 일어났다.

"하지만 왜 언니, 아니 지효 너만 그런 건데. 이상하잖아. 우린 쌍둥이인데. 내가 다치는 것도 넌 느꼈는데, 나는 한 번도 그런 적이 없잖아."

당황하며 지인이 말했다. 지효는 속에서 내린 결론을 지인에게 말해주지 않았다. 그건 아마도 내가 너와 쌍둥이가 아니고, 내가 엄마 딸이 아니어서 그런 걸 거라고.

"이게 사실이든 아니든, 그냥 알고 싶었어. 내가 거짓말쟁이가 아니고 정말로 아픈 게 맞으면, 원인이 있어야 하는 거니까. 그것뿐이야."

"지효 너 때문에 다쳤다고 생각하는 거 아니지? 다른 원인이 있을 거야. 나도 열심히 생각해볼게."

지인이 방 밖으로 나갔다. 지효는 툭하면 자신을 언니라고 부르려는 동갑내기 뒷모습을 잠깐 보다가, 문이 닫히자 이모에게 메일을 쓰기 시작했다. 서연 언니가 느꼈던 고통을 자신이 하루 전에 느낀 것 같다고, 이런 일이 처음이 아니라고, 지인과 함께 맞춰본 사건들을 모두 메일에 적었다.

지인은 그 사람들이 다치고 죽어간 게 지효 때문인 건 아니라고 말했지만, 그 사건이 일어나기 전에 지효가 느꼈던 고통이 그 사람들 것이라는 걸 알았다면, 뭔가 할 수 있지 않았을까. 아니, 애초에 그들의 고통이 어쩌면 지효 자신 때문이었던 건 아니었을까. 자신이 고통을 느꼈기 때문에 그들에게 그런 일이 일어난 게 아니었을까. 어쩌면 이모도 자신과 비슷한 일을 겪었던 건 아니었을까. 그렇다면 그건 정말로 이모와 자신이 모녀 사이라는 증거가 될 것 같았다. 혼란스러운 글을 다시 읽어보면 영영 메일을 보낼 수 없을 것 같아서 지효는 메일을 다시 읽어보지도 않고 곧바로 발송하고 메일 프로그램을 닫았다.

휴대폰 화면에 은조 이모의 메일 제목이 뜬 건 이틀 전이었지만, 지효는 계속해서 메일을 열지 않고 있었다.
[한국에 갈게.]
은조는 항상 메일 제목에 지효의 이름을 넣었다. 사랑하는 지효에게, 지효야 잘 지내니, 바로 옆에서 다정하게 말해주는 것 같은 제목을 지효는 좋아했다. 그래서였는지, 그 다음 날 새벽에 곧바로 보낸 것 같은 은조의 답장을 지효는 열지 못했다.
학교 수업이 끝나 지효가 나오자, 교문 바로 옆에 은조가 서 있다가 손을 흔들었다.
"지효야, 이모랑 잠깐, 어디 갈래? 다른 사람한텐 알리지 말고."

지효는 잔뜩 긴장한 얼굴의 은조를 보고 말없이 고개를 끄덕이곤 은조가 가리키는 차에 올랐다. 새하얀 소형 SUV였다. 새 차처럼 아무 장식도 걸려 있지 않은 걸 보니 렌터카 같았다.

"죄송해요, 메일 아직 못 봤어요. 오신다는 건 메일 제목에서 봤는데요."

지효가 말했다.

"언제부터였니? 전에 나 한국에 왔을 때도 그랬던 거지? 메일 보니까 한두 해 된 일이 아닌 것 같던데."

은조의 목소리가 떨렸다. 차는 학교에서 점점 멀어져 지효가 가본 적 없는 길로 접어들었다. 집으로 가는 사거리에서 다른 방향으로 꺾은 차가 고가도로로 접어들었다.

"아프고 나서요. 아홉 살 때 한 달쯤 입원했었는데, 그 뒤부터 그랬대요."

"아홉 살?"

은조의 목소리가 너무 커서 지효는 반사적으로 몸을 웅크렸다. 놀라기만 한 게 아니라 화가 난 것 같은 목소리였다.

"어떤 쓰레기 같은 게…."

"네?"

"아니, 아니야."

은조는 운전대를 꽉 쥐고 숨을 몰아쉬더니, 운전에 집중했다. 바다 위의 다리를 건너고도 한 시간 가까이 낯선 길을 달리다가 산 안쪽 길로 들어서더니, 갑자기 시야가 확 트였다. 바다였다. 산으로 둘러싸인 작은 바닷가에 파도가 차박차박 부딪히는 소리가 들렸다. 은조는 차를 바닷가에 세우고, 차에서 내렸다. 지효는 바다가 바라다보이는 벤치에 앉은 은조 옆에 엉거주춤 앉았다.

"여기 섬인 거 아니? 와본 적 있어? 내가 가장 좋아하는 곳은 차로 못 들어가서 여기로 왔어. 호주 가서도 여기가 가끔 그리웠어."

"처음 와봤어요. 엄마 어렸을 때 여기서 사셨다는 건 들었는데."

"나는, 중학교 때였어."

은조가 지효의 손을 가만히 붙잡았다.

"한 달을 입원한 뒤였어. 퇴원하고 두 달 지났을 때일 거야. 갑자기 숨이 막히고 머리가 깨질 듯이 아파서 보건실에 하루 종일 누워 있었는데, 그다음 날 매일 버스에서 마주쳤던 언니가 죽은 걸 알게 됐어. 그게 시작이었어. 나와 스쳐 지나갔던 사람들에게 안 좋은 일이 일어나면, 내가 그걸 먼저 느끼게 된 게."

"나랑 지나쳤던 사람들한테만요?"

"나는 가까이에 있던 사람이어서 금방 알았는데, 너는 너무 어렸을 때부터라 알기 어려웠을 거야. 나도 그걸 아는 데 2년 넘게 걸렸으니까. 그 뒤가 더 힘들었지. 내가 괴롭다는 건, 그만큼 누군가에게 괴로운 일이 일어난다는 뜻이니까. 나는 죽을 만큼 아파도 죽진 않았는데, 누군가는 죽었을 수도 있다는 게."

지효가 이모를 쳐다보았다. 지인은 믿지 않았고, 지효 자신도 믿어도 되는지 의심스러웠던 것을, 이모는 진심으로 믿고 이해한다고 말하고 있었다. 이모도 똑같은 경험을 했다고, 너와 나는 다르지 않았다고. 심지어 처음 한 달을 아팠던 것까지도.

"처음, 아팠을 때는 왜 아팠던 거예요?"

지효는 그것만은 풀어내지 못했다. 너무 어렸을 때여서 그때를 기억할 수도 없었고, 기록부를 쓰기도 전이었다. 길어도 사흘이었던 입원 기간이 그때만 한 달이었는데, 그건 도대체 무슨 일과 관계가 있는 것일까.

"가족이었던 사람들이 가족이 아니게 돼서."

은조가 지효를 보더니 조심스럽게 지효의 머리를 쓰다듬었다.

"병원에 누워 있는데, 언니만 학교를 마치면 꼬박꼬박 찾아와줬지. 퇴원한 뒤에는 다들 아무 일도 일어나지 않은 것처럼 굴었어. 아무도 내 말을 들어주지 않았어. 그때 결심했어. 내 힘으로 이 사람들을 떠날 거라고. 아무에게도 말하지 않고 떠날 방법을 찾았어. 가장 빨리 떠날 방법이 간호사가 되는 거더라. 그래서 자퇴하고, 검정고시를 보고, 간호사가 되고, 필요한 경력을 채우자마자 이민. 아무도 모르게."

가족이었던 사람들이 가족이 아니게 되었다는 말에, 지효는 문득 아빠를 떠올렸다. 아홉 살 이후 한 번도 만난 적 없는, 타인이 된 아빠. 그런데도 만나고 싶다는 마음조차 들지 않는, 아무 느낌도 나지 않는 아빠.

"언니한테는 미안했지. 언니가 시험관 아기 시술로 한참 힘들 때부터 나는 이민 준비로 정신이 없었거든. 어렵게 너희들 낳고 나서도 쌍둥이 보느라 언니는 너무 힘들었을 텐데, 내가 갑자기 사라져서 할머니도 언니를 도와주지 않았어. 나랑 언니가 친했으니까, 언니는 분명히 알고 있었을 거라고 생각했나 봐."

지효는 오랫동안 자신을 지탱해온 희망 하나가 무너지는 느낌이 들었다. 은조가 들려준 과거에는 지효가 들어갈 부분이 하나도 없었다.

"언니는 아마, 날 용서하지 못할 거야."

지효가 반박하려고 할 때, 지효의 휴대폰이 울렸다. 지효는 받지 않았다. 한참 울리던 전화음이 멈추더니 다시 울리기 시작했다. 엄마라고 뜬 화면을 보던 은조가 휴대폰을 대신 받았다.

"지효야! 지금 어디야, 너 누구랑 같이 있니?"

놀란 목소리가 전화기 너머로 들렸다.

"언니, 나야. 지효 나랑 있어. 미안해. 둘이서 할 이야기가 있어서. 이야기 끝나면 전화하려고 했는데."

"은조야, 너 지금 한국에 있어?"

전화기 너머에서 엄마의 목소리가 떨리기 시작했다.

"지효 보러 왔어. 지효가 많이 힘들어해서. 미안해. 언니한테 먼저 말하면 언니도 같이 나올 것 같아서. 우리 지금 자갈밭 근처에 있어. 옛날 우리 집 근처. 기억하지?"

"은조야, 우리 지효, 아파."

지효는 엄마가 한 번도 들어본 적 없는 목소리로 울먹이며 말하는 것을 들었다. 무슨 일이 있어도 침착하게 자신을 달래던 엄마는 어디에 가고, 울음을 삼킬 생각도 못하고 그대로 감정을 쏟아내는 목소리의 엄마가 전화기 너머에 있었다.

"나 때문이야. 내가 너를 못 지켜서, 내가 널 그렇게 보내서…, 우리 지효가, 너처럼 아파."

"언니 때문 아니야. 아무도 내 말을 안 믿었잖아. 언니가 나 믿어준 거 알아. 언니도 어렸잖아."

"거기 있어. 나 거기로 갈게. 은조야, 우리 지효 도와줘. 지효 도와줄 수 있는 사람 너밖에 없어. 은조야, 나 갈게. 알았지?"

전화 목소리가 끊어졌다. 이모가 조금 멋쩍어하며 지효에게 휴대폰을 돌려줬다.

"뭘 안 믿어줬어요? 그때 무슨 일이 있었어요? 저한테는 무슨 일이 일어난 거예요? 아까 그러셨죠. 쓰레기 같은 놈이라고. 그게 무슨 뜻이에요?"

이모가 벤치에서 일어나 차 안으로 들어갔다. 지효도 급히 차로 돌아갔다.

은조는 지효에게, 자신의 이야기를 온전히 모두 들려주었다. 친척들이 모두 은수와 은조의 집에 모였던 날이었다. 어른들은 늦게까지 술을 마시느라 거실에 있었고, 은수는 학원에 가서 오지 않았고, 은조는 2층에서 은수와 같이 쓰던 방에서 일찍 잠들었다. 몇 년 만에 만난 사촌이 은조 방에 들어왔다. 자정 무렵에 택시를 타고 사촌과 삼촌이 떠나고 난 뒤에 은수가 학원에서 돌아와서 은조를 발견했다. 은조는 모든 걸 기억했다. 잠결에 누가 자기 방에 들어왔고, 누가 자기 위에 올라왔는지. 하지만 그걸 목격한 사람은 아무도 없었다. 아무도 믿지 않았는지, 아니면 그저 없던 일로 하고 싶었는지, 누구도 은조의 말을 들어주지 않았다. 은조는 밤새 앓더니 고열로 혼수상태가 됐다. 그게 첫 입원이었다.

"저는 아프기 전 일이 기억이 안 나요."

"응, 너는 다를 수 있지. 너무 어릴 때잖아. 달랐으면 좋겠다. 아깐 너무 놀라서 그렇게 말해버렸지만."

은조는 조심스럽게 지효의 손을 붙잡았다.

"기억이 나지 않는 건 이유가 있을 거야. 그러니까 추측할 필요도, 기억하려고 괴로워할 필요도 없어. 다만 중요한 건, 너한테도 나와 같은 일이 일어났다는 거지. 누군가가 느낄 고통을, 먼저 느끼는 일 말이야."

"이모도, 지금도, 똑같이 느끼세요? 안 아플 수 있어요? 어떻게 하세요?"

"안 아픈 방법은 몰라. 하지만, 내가 아프고 나면 어디서 언제쯤 사건이 일어나는지 범위를 좁힐 수 있게 됐어. 먼저 찾아내면 막을 수 있어. 언제나 성공하는 건 아니지만, 진짜 심각한 일은 시간 차이가 크니까 막을 수 있는 시간도 길어서, 성공할 때가 많아. 나는 아프지만, 아무도 죽지 않고 끝나."

택시 한 대가 두 사람이 있는 차에 가까워졌다. 누군가가 택시에서 내려 곧바로 지효가 있는 차로 달려왔다. 은조가 차에서 내리고 지효도 따라 내렸다. 은수가, 엄마가 지효를 끌어안았다.

"지효야, 미안해, 엄마가 미안해. 잘못한 건 난데, 엄마 때문에 네가….."

"엄마, 엄마는…, 이모 일 알고 있었어? 나한테 무슨 일… 있었는지도?"

은조가 두 사람에게 다가왔다. 지효가 엄마의 품에서 벗어나서 은조를 보고, 엄마를 보았다.

"그런데 왜 그랬어? 내가 왜 아팠는지, 왜…, 왜 말 안 했어…?"

"네가 너무 어려서!"

엄마가 울며 말했다.

"그 사람이랑 헤어지면 괜찮을 거라고 했어. 네가 기억하지 못하니까 차라리 다행이라고…, 그 사람 안 만나고, 환경도 바꾸면, 괜찮아질 줄 알았어……."

그래서 아빠는 병원에 올 수 없었다. 그래서 퇴원하고 간 집은 원래 살던 집이 아니었다. 지인은 어디까지 알고 있을까. 적어도 지인은, 지효를 위해서 아빠를 안 만나야 한다는 건 알았다. 그래서 아빠를 그렇게 좋아하던 지인이 더 이상 아빠 이야기를 하지 않게 됐구나. 그래서 남들이 뭐래도 지효가 꾀병을 부리는 게 아니라고 믿어줬구나. 자기가 아픈 순간에도, 쌍둥이라서 텔레파시를 느낀 거라며 웃었구나. 무섭고 아팠을 텐데. 자신이 아팠던 그 이상으로, 지효는 다리의 아픔은 알 수 있어도 지인이 느꼈을 공포는 알 수 없었는데.

엄마도, 지인도, 계속 자신을 보고 있었다. 믿고 있었다. 그리고 말해줬다. 네 탓이 아니야. 그건 오래전 그 아픔의 시작에 대해서 했던 말 같기도 했다. 네가 아픈 건 네 탓이 아니라고.

"엄마, 내가 아픈 거, 다른 사람이 아픈 거 먼저 느끼는 거야. 이모도 그랬대. 이모는… 도울 수 있대. 그 사람들 아프지 않게, 막을 수 있대. 나도 그러고 싶어."

엄마가 지효를 보고, 이모를 보았다.

"은조… 너, 아직도… 계속… 계속 아픈 거야…? 어른이 됐는데도…?"

"응, 언니."

이모가 담담하게 말했다.

"없어지지 않아. 나는… 그래서, 도우려고. 내가 느끼는 그 고통이 진짜 고통이 되지 않게, 나같이 아픈 사람 하나라도 없게, 도우려고."

엄마는 망연자실한 표정으로 이모를 보았다. 이모는 엄

마를 향해 조금 웃어 보이고는, 지효를 보았다.

"호주, 갈래? 이모가 같이 있을게."

지효가 엄마를 보았다. 엄마는 말리지 않았다. 자신이 가겠다고 하면, 그러라고 할 것 같은 얼굴이었다. 하지만 또, 자신이 가겠다고 하면 그 눈 가득 눈물이 찰 것 같은 얼굴이기도 했다. 동생을 지키지 못했고 딸도 지키지 못했다고, 그렇게 울 것이다. 지인은, 계속 지효를 지키려고 하던, 범죄를 막고 싶어 하고 사람을 이해하고 싶어 하는 지인은, 결국 지효의 옆에 있지 못했다고 슬퍼하지 않을까. 그 커다란 눈으로, 언니 꼭 가야 해? 하는 지인의 얼굴을 상상하기 어렵지 않았다.

"가르쳐주세요, 이모. 꼭 호주 가지 않아도, 배울 수 있을 것 같고. 메일도 있고, 영통도 있고…."

"괜찮겠니?"

이모가 지효를, 엄마를 보았다.

"엄마, 도와줄 거지?"

엄마는 대답 대신 지효를 끌어안았다. 이모가 그런 두 사람을 감싸안았다. 앞으로도 지효는 계속 아플 것이다. 아픈 날이 줄어들면 그만큼 기쁘고 안심하기도 할 것이다. 전에는 언제 다시 아플까 불안했지만, 이제는 다른 이유로 아픈 일이 다시 일어나지 않기를 바라게 될 것이다. 원인 불명 기록부는 이제 원인 탐색 기록부가 될 것이다. 전처럼 괴롭지만 하진 않을 것이다. 지효는, 자신의 새벽이 곧 오게 될 것을 알았다.

문답

구한나리

엄마도 지인도 계속 자신을 보았다.
믿고 있었다. 그리고 말해줬다,
네 탓이 아니야.

> '모계 전승'이라는 화두 안에는 아주 긴 세월과 수많은 삶들, 그리고 상당히 강인하고 끈끈하고 거칠기도 한 여러 갈래의 생각과 심상이 담겨 있습니다. 이 작품집을 제안받았을 때 어떠셨나요?

사실 이 글은 제가 제안서를 받기 2년 전부터 계속 고쳐 쓰던 이야기를 바탕으로 합니다. 처음에는 지효와 어머니와의 이야기로, 친족 간에 일어난 일은 같고, 어머니는 아이를 지키기 위해서 고민하는 상황이었어요. 상황의 전개, 결말, 결론이 모두 지금과는 달랐습니다. 화자를 지효로 했다가 어머니로 했다가, 지효를 쌍둥이로도 만들었다가, 사건의 전개를 바꾸었다가…. 그런 식으로 서너 번 새로 썼는데 계속 마음에 들지 않았어요. 그런 상황에서 앤솔러지 제안서를 받았습니다. 모계 전승이라는 모티브에서 이야기의 실마리가 보였어요. 처음 이야기에 조연처럼 등장하던 이모의 비중이 달라지고 이모의 서사가 달라졌고, 당시에 따로 쓰던 단편이 '타인의 고통을 대신 느끼는 소녀'의 서사였는데 두 이야기를 합치면서 지금의 이야기가 됐습니다. 그렇게 이야기 틀을 바꾸고 나니까 이 이야기가 원래 이랬어야 한다는 생각이 들었어요.

> 하나였다가 둘로 나뉜 존재, 쌍둥이를 주요 등장인물로 삼은 이유가 있을까요?

정말 큰 충격을 받았을 때 몸이 주인을 지키기 위해서 기억을 묻어버리는 경우가 있죠. 그런데 머리로 기억하지 않더라도 몸은 기억의 흔적을 기억한다고 생각해요. 당사자로서는 의아하죠. 내가 왜 이럴까. 그래서 이야기에서 직접적으로는 묘사하지 않았지만, 모든 것을 알면서 옆에 있어줄, 연대자로서의 또래가 필요하다고 생각했어요. 가족 내의 일을 알면서도 나이로 우위를 갖지 않을 존재가 필요했죠. 그래서 지인이를 만들었습니다. 지인이는 당사자는 아니지만 가정 내 문제를 겪으면서 삶이 바뀐 피해자인데 어떻게든 지효를 지켜주려고 하죠. 지인이는 자신의 피해가 지효 때문이 아니라는 것을 아는, 그래서 지효와 연대하려는 존재로 만들었습니다. 지효에게 일어난 일에서 실제 피해자들은 가족들이 공감하고 인정하지 못할 때 큰 상처를 받는 경우가 많죠. 지효는 그렇지 않은 존재로 그려졌으면 했습니다.

저는 자매가 없는, 소위 말하는 고명딸이에요. 남자 형제들과 경쟁하면서 자랐어요. 사이 좋은 남매였지만, 계속 어떤 부분은 이야기를 나눌 수 없다는 걸 깨닫게 됐어요. 학교나 동호회에서 언니, 동생 들을 만나면서 '자매애'라는 것을 느낄 수 있었습니다. 저에게 자매란 내가 겪은 고통을 알겠다고 이해하는 사이이고, 제가 잘못 판단했을 때 조언해줄 수 있는 관계입니다. 저 역시 그들의 고통을 이해하려고 노력하고요. 혈연관계가 아니더라도 서로가 겪은 경험을 공감하고 이해하는 사이라고 생각합니다.

> 주인공인 지효는 '원인 불명의 통증'으로 타인의 고통을 공유합니다. 자매에서 자매로 대물림된 고통과 동시대의 고통을 공유하는 능력이 의미심장하게 다가옵니다.

고통을 겪어본 사람들이 고통을 이해할 수 있다고 생각해요. 저는 결혼하고 배우자와 함께 다니게 되면서 세상이 바뀌는 경험을 많이 했어요. 신호등이 없는 횡단보도 앞에 서 있기만 해도 차가 멈춰주고, 택시를 탔는데 말을 걸지 않고. 어떻게 보면 사소한 일들이지만, 가능하면 배우자에게 이야기를 많이 하려고 합니다. 우리가 평생 살아온 세계가 다르다, 나는 횡단보도 앞에 서 있으면 차가 액셀을 밟고 클랙슨을 울리는 게 당연한 줄 알았다 같은 말들이요.

사실 지효와 은조가 겪은 경험은 말도 안 되는 일이잖아요. 그렇지만 지금까지 한국 사회에서는 그런 일을 가정 안의 문제라고 쉬쉬해왔고, 오히려 피해자가 손가락질받기도 하고, 거짓말쟁이로 몰리기도 했죠. 피해를 입었는데 추가로 상처를 계속 입게 되고요. 그런 이들이 공감할 수 있는 아픔이 있다고 생각했어요. 이 글에서는 실제 물리적으로 고통을 입는 걸로 형상화했지만, 가정 내 학대를 입은 사람은 실제로 학대 피해자를 잘 알아봐요. 먼저 손을 뻗는 경우도 많지요. 공감력이 실제로 도움을 주는 힘이 되는 거죠. 자신과 동일한 아픔이 아니더라도 공통점이 있는 피해자들의 아픔에 공감할 수 있는 힘을, 그 힘으로 누군가를 도와주는 인물을 만들고 싶었어요. 이미 그러고 있는 이들이 있고, 그걸 좀 더 극적으로 만들고 싶었어요.

| 오늘과 다른 내일을 '새벽'이라 부른 이유는 무엇인가요?

지효가 살아왔던 삶은 깜깜한 어둠이었을 거예요. 원망할 수 없을 만큼 착한 쌍둥이 자매가 있지만 자신과 다르게 아프지도 않고, 그가 자신의 편에 서 있는데 왜 나는 저러지 못하나 콤플렉스를 느끼게도 되고요. 자신에게 일어나는 일의 이유도 잘 모르겠고, 갑자기 아빠가 사라진 이유도 모르겠고…. 모든 게 답답하고 어둡죠. 다른 사람과 비슷하게 살 수 없을 거라고 생각하고. 미래를 계획할 수 없는 시간을 살아왔어요. 그래서 지효가 앞으로 살 시간은, 문제가 해결된 건 아니지만, 적어도 앞이 보이는 시간이고, 점점 더 잘 보이게 되는 시간일 거니까요. 계속해서

점점 밝아지는 시간이라는 의미에서 새벽이라고 보았어요. 그런 내일은 갑자기 180도 다르게 주어지는 게 아니고 점점 더 밝은 날이 올 거라는 희망을 담았습니다.

| 이 작품을 읽을 여성 독자에게 한말씀 부탁드립니다.

저마다의 아픔을 겪고 어쩌면 아직 깜깜한 어둠 속에 있는 것 같으신 분들에게 저마다의 새벽이 찾아오길 기원합니다. 그 깜깜한 어둠 속을 잘 살펴보시면 여러분 옆에서 각자의 방식으로 도우려고 하는 사람들이 있을 거예요. 손을 뻗어 그 손을 잡아주시고, 다른 사람들을 새벽으로 이끄는 손이 되어주시면 기쁘겠습니다.

오랜 일

우정욱

고오오오오오오우우우웅.

밤 11시. 민주일보 건물 냉방 시설이 기지개를 켰다. 하루 종일 간신히 냉기를 내뿜던 에어컨 유닛들이 엄청난 기세로 찬바람을 토해내기 시작하는 시간이었다. 영설이 서랍 깊숙한 곳에서 비니를 꺼내 뒤집어썼다. 쿰쿰한 냄새가 덮쳐왔다. 뜨거운 바깥바람이 두려워 환기를 시키지 못해서인지, 며칠 동안 빨지 못한 비니가 원인인지는 알 수 없었다.

여섯 시간 전, 사회부장 승주가 구시렁댄 것이 떠올랐다.

"어휴, 이 홀아비 냄새. 환기 좀 하자, 모두들."

그러나 이상 고온이 일상 고온이 되어버린 여름, 환기가 아닌 건물의 노후한 냉난방 시스템이 문제임을 모르는 사람은 없었다.

"그러게, 공기 청정기 설치라도 건의해달라니까요."

오후 내내 모니터를 노려보던 영설이 중얼거렸다. 승주

가 이를 귀신같이 알아듣고 목소리를 높였다.

"다들 법조팀장 얘기 들었지? 실내 공기 질 관련 기획 기사로 한번 땡겨볼까?"

높으신 분들과 약속이 있는지 잔뜩 힘준 정장 재킷을 한쪽 팔에 걸친 채 사무실을 나서는 승주의 뒷모습을 영설이 물끄러미 바라봤다. 5개월. 바른말만 하기로 손에 꼽히던 저 이가 모든 기사를 광고와 연계할 궁리를 하기까지 걸린 시간이었다.

승주의 퇴근을 신호로 사람들이 썰물처럼 빠져나갔고, 자리를 지키는가 싶던 당직자들까지 재택을 위해 사라졌지만, 영설은 자리를 지켰다. 꿉꿉한 비니를 뒤집어써야 할지언정 숨이 턱턱 막히는 열대야를 피하기에 회사만 한 곳은 없었다.

기세등등한 에어컨 바람을 쐬며 경찰서 담당자의 보고를 받는 중간중간 해외와 국내 통신사 뉴스를 모니터링하고, 짬이 날 땐 밀린 웹소설을 챙겨 읽으면 그만이었다. 굵직한 기사들을 미리 마감해둘 수도 있다. 해가 뜰 무렵 귀가하면 저와 같은 이유로 여름 야근을 자처하는 미지가 실내 열기를 식혀놓고 침대 속에서 영설을 기다렸다. 한겨울엔 수족냉증으로 고생하는 미지의 차가운 손발을 보랭 팩 삼아 짧은 꿀잠을 청하면 1년의 절반을 차지하는 여름도 두렵지 않았다.

　게다가 오늘 밤은 여름 내내 붙잡고 있던 기획 기사를 마감하겠다는 원대한 포부가 있었다. 20여 건의 '가벼운' 성범죄 이후 한 건의 심각한 아동 성범죄로 12년을 선고받은 범죄자가 다음 달 사회에 복귀하는 것을 계기로, 양형 제도의 허점을 돌아보는 기사였다. 지난 20년간 일간지 사회면에 실린 아동 성범죄나 존속 살해 같은 중범죄를 사건 발생부터 체포와 구형, 선고에 이르는 단계별로 모두 검토했다. 진행 중인 공판도 상당수 직접 방청했다. 잔소리하는 누나를 흉기로 30여 차례 찔러 살해한 남동생과 반찬 타령 끝에 엄마를 수백 번 구타하여 죽음에 이르게 한 아들, 그리고 9살 여아를 성폭행한 뒤 유기한 청년이 각각 20년과 15년, 그리고 10년을 선고받는 순간을 지켜봤다. 범행 이유는 욱해서, 연인과의 이별 혹은 계속되는 취업 실패로 스트레스가 쌓여서, 거기에 만취했거나 정신병을 앓고 있어서였는데, 그따위 변명에 감형이 성립됐다.

　"동기를 알아야지, 동기를."

　자료는 충분한데 도무지 하나로 꿸 수가 없어 난항을 겪는 영설에게 승주가 말했다. 제아무리 '제도'를 짚어내는 기사라도 독자의 흥미를 끌어야 하니 미처 주목받지 않았던 범행 동기가 있다면 이를 활용하라는 얘기였다. 몰라도 좋으니 아는 체하거나, 확실하지 않으면 그저 흘리기만 해도 좋다고 했다.

그러나 모든 것이 명확하게 설명되는 건 추리소설에서나 가능했다. 현실에서는 동기를 운운해봤자 결국은 감형 사유가 될 뿐이었다. 결국 영설은 기사 작성 프로그램을 닫고 당직 업무를 시작했다. 언론 매체의 인터넷 사이트는 물론 각종 포털과 소셜네트워크를 돌아다니며 온갖 뉴스를 한 차례 둘러봤다.

해외 통신사 몇 군데가 발발 1,000일째를 맞이한 유럽의 전쟁 지역에 파견된 북한군 1만여 명 중 절반에 가까운 4,249명이 최전선에서 사망한 것으로 보인다고 보도했고, 아랍권 대표 방송사는 2년 넘게 계속된 이스라엘의 가자지구 공습을 막는 유엔 안보리 결의안에 미국이 거부권을 행사했으며, 새로 전쟁이 개시된 지역을 공습하고 돌아가던 이스라엘 전투기가 남은 포탄을 가자지구에 떨어트려 수백 명의 민간인이 사망했다고 알렸다.

이미 어떤 식으로든 다루었거나 일상이 되어버렸기에, 내일 아침에 담당 기자가 정리하면 될 뉴스들이었다. 셀 수 없이 많고 큰 고통을 너무 오랫동안 지켜본 피로감이 익숙했다. 기분 좋게 차가운 손을 맞잡고 싶은 마음이 간절해졌다. 그 순간 영설의 휴대전화가 드르르륵 떨렸다.

— 바빠?

미지였다. 느슨한 우연에, 영설의 입꼬리가 슬며시 올라갔다.

— 아니, 완전 한가해. 집?

— 아니. 가는 중.

— 택시?

대답이 없었다. 프레스라인 앞 웬만한 몸싸움에도 지지 않을 만큼 당당한 체구인 영설은, 남보다 작은 미지의 늦은 귀갓길이 매번 신경 쓰였다. 빠듯한 예산 내에서 집을 구하다 보면 치안과 교통보다는 집의 크기와 시설을 먼저 고려할 수밖에 없었는데 이번 집은 인적이 드문 골목길을 유난히 오래 걸어야 했다. 그런데 미지는 한사코 택시를 타려 들지 않았다. 영설이 대답을 기다리지 못하고 단축번호 1번을 누르려는데 답장 아닌 답장이 돌아왔다.

— 오늘은 드디어 샀다! 이따 돌아와서 냉동실 열어봐.

미지의 회사는 관광객이 붐비는 시내 중심가에 자리 잡고 있었다. 회사에서 비교적 가까운 지금의 집을 구한 이후, 최신 유행하는 길거리 음식을 사 들고 귀가하는 건 미지의 소소한 낙이었다. 며칠 전부터 아이스크림 튀김 이야기를 했는데 이제야 성공한 모양이었다.

송천경찰서 담당 수습기자가 전화를 걸어 온 바람에 끝

내 단축 번호 1번은 누르지 못했다. 밤 10시부터 오전 4시까지 두 시간 간격이라는 통화 보고 지침을 여태껏 칼같이 지키는 유일한 수습이었다.

"보고해."

"별 내용 없습니다."

수화기 건너편에서 침 삼키는 소리가 들려왔다. 수습 시절 영설은 별다른 일이 며칠째 코빼기도 보이지 않자, 담당 경찰이 자리를 비운 사이 사건 일지를 훔쳐보려다 들킨 적이 있었다. 인터넷 기사의 조회수를 제외하면 그 무엇도 의미가 없어진 지 오래였지만, 여전히 기자들은 '별일 없다'는 말을 하는 것도 듣는 것도 피하고 싶어 했다. 침묵을 이기지 못한 수습이 다시 말을 이었다.

"혹시 인근 지구대를 돌면 뭐라도 있을까 싶어서 나와봤습니다."

"대충 아무 파출소에나 들어가서 에어컨 바람이나 쐐. 덥다."

영설은 대답을 기다리지 않고 통화를 종료했다. 챙겨 보던 웹소설이 업데이트될 시간이었다. 본격적으로 사건에 휘말린 주인공이 피할 수 없는 운명을 깨달을 것이다. 해결할 수 없는 모양새로 사건들이 엉켜들면서 주인공이 돌아올 수 없는 다리를 건너는 대목은 영설이 특히 좋아하는 부분이었다. 범인은 물론 범행 동기와 수법, 과거가 드러나는 클라이맥스보다도. 추리소설의 단호하게 닫힌 결말이 안정과 평화를 낳는다면 도입부야말로 아드레날린 생성기였다.

최신 화 업데이트를 확인하려던 찰나 또다시 전화가 걸려 왔다. 이번엔 화연이었다.

"회사냐?"

"고모, 나 지금 너무 바빠. 완전 바빠."

"아유, 주 기자님 저도 지금 대본 수정으로 고양이 밥 줄 시간도 없이 바빠요. 그래도 이번 주 금요일 회동은 잊으시면 안 됩니다."

화연이 과장된 말투로 모녀 3대의 월례 회동을 확인시켰다. 하지만 그것은 핑계고, 새 작품 방영을 코앞에 둔 고모에게 그저 넋두리 상대가 필요할 뿐임을 영설은 잘 알고 있었다. 개화기 신여성 3인방이 시베리아 횡단 열차와 대서양 횡단 여객선을 타고 전 세계를 모험하는 내용이라던가. 영설은 휴대전화를 스피커 모드로 바꾼 뒤 책상에 내려놓았다. 웹소설을 훑어보면서 적당히 맞장구를 쳐주려는 심산이었다.

"대본 리딩 전에 마지막 회까지 풀 대본을 넘겼으면, 보도 자료나 홈페이지 소개 글은 알아서 작성해야 하는 거 아니냐? 예전 같았어 봐."

"라떼가 취향이 된 거 보니, 은퇴해도 손색은 없겠네."

"야!"

화연은 발끈하는 것 같았으나 잠시였다.

"요즘 일하는 거 보통 힘든 게 아니야. 인물별 티저에 본편에… 대체 예고편은 몇 개를 만드는 거야. 배우들이 SNS에 올릴 홍보 문구까지 작가한테 스포일러 피해서 써달라는 판인데 진짜 환장하겠는 건 줄임말이야. 넌 아니, '하라'며 '텍예'가 뭐지?"

"텍예면… 텍스트 예고."

"제법이네."

"하라는…."

생각하느라 숨을 고르자 화연이 끼어들었다.

"하이라이트!"

괴롭힘(harassment)의 약자인가 싶었던 짐작이 스스로 생각해도 어이없이 여겨졌다. 그 순간 영설의 컴퓨터에 아까 그 수습의 메시지가 떴다.

─ 보고할 게 생겼는데 바쁘세요?

"고모, 내가 지금 드라마로 치면 1화 엔딩 직전 정도에 해당하는 부분의 소설을 읽고 있거든? 이거 빨리 읽고 보고받아야 하니까 내가 다시 연락할게!"

"고모 드라마를 좀 그렇게 열심히 봐라. 암튼 금요일에 보자. 소 여사님도 이제 예전 같지 않으셔. 어째 잔소리가 점점 심해진다."

화연의 수다를 끊어내듯 통화를 종료한 뒤, 수습에게 전화했다.

"선배! 여기, 이 동네 방범용 CCTV들이 죄다 고장 났어요."

그는 어디를 가든 CCTV의 작동 여부는 물론 화각이며 성능을 체크하는 방범 기기 마니아로 일명 'CCTV 귀신'으로 통했다.

"파출소에 알렸어?"

"아뇨, 아직."

"그게 무슨 특종이라고 너만 알고 있어. 문제를 해결하려드는 그 버릇이 문제야. 우리 일은 문제를 보도하는 거지."

송천서는 영설과 미지의 동네 관할서였다.

"너 지금 어딘데?"

자신의 동네를 대는 CCTV 귀신의 대답에 빠르게 뉴스 화면을 스크롤하던 영설의 손이 멈칫했다.

'[속보] 송천구 뒷골목. 폭행 피해자로 보이는 30대 여성, 쓰러진 채 발견.'

"오랜 꿈 하나 보여줄게, 오랜 일 하나 들려다오."

옆자리의 미성에게서 그 말을 들었을 때, 나는 그것이 환청이라고 여겼다. 피로한 몸과 맘을 덮친 혼곤한 잠이 어둔 밤을 밝혀 온 세상에 나뿐일 때. 오직 그런 시간에만 들려오던 말이었다. 고개를 돌리자 미성이 장난스레 입꼬리를 올려 그것이 자신의 복화술임을 알렸다.

미성과 나는 남한과 북한의 낱말을 모으는 〈겨레말 큰사전〉의 제1기 공동 편찬위원회에서 양측의 유일한 여성이었다. 또한 우리는 서로가 만난 유일한 동시대 '수집가'였다. 각 열 명씩 구성된 편찬위원회가 1차 회의를 위해 금강산에 모였고 우리는 나란히 앉았다. 정확히 말하자면, 미성이 다가왔고, 나는 그런 미성의 옆자리를 마다하지 않았다. 그러자 나머지 사람들이 우리를 축으로 갈라 앉았다. 두 여성을 비무장지대 삼자는 사전 합의라도 있었던 것처럼. 그러니까 나를 먼저 알아본 것은 미성이었다. 미성과 함께한 순간이 그리울 때마다 나는 그 사실을 곱씹는다.

첫 행사가 진행되는 내내 역할 놀이의 깍두기가 된 기분을 지울 수가 없었다. 참석자 소개와 개회 선언, 축사 낭독과 공동 편찬 실무 소개까지 남측과 북측이 핑퐁을 주고받듯 순서와 시간을 엄수하는 모습이 헌 집 줄게 새집 다오, 옛 기억 속 엄정한 교환 놀이처럼 유치하다 생각했는데 미성은 오랜 일과 오랜 꿈의 교환을 떠올렸다던가.

"오랜 꿈 하나 보여줄게, 오랜 일 하나 들려다오."
고뿔을 앓는가 싶던 어머니가 자는 듯 세상을 뜨고 맞이한 첫 번째 밤, 나는 그 목소리를 처음으로 들었다.
전쟁통 타향살이 내내 산파 노릇으로 네 식구의 먹을 것과 입을 것을 마련했던 어머니는 언제나 바빴다. 낮 동안은 눈 한 번 마주칠 수도 없었지만, 밤이 되면 그 옆자리는 언제나 내 차지였다. 나란히 누워 맞닿은 어머니의 온기를 아껴 음미하며 궁금해했다. 어머니도 나와 같은 따뜻함을 느낄까.
그래서 나는 목소리가 꿈이라면 깨지 않기를 빌었다. 왈칵 그리움이 몰려들까 봐 차마 꺼내볼 수도 없는 순간을 더듬을 좋은 핑계 같았다. 그리고 나는 이불 밖에 내놓은 얼굴이 시릴 정도로 추웠던 겨울밤을 떠올렸다.
조금만 참자, 아가. 건넛마을 딸부잣집 만삭 어멈이 곧 몸을 풀 거야. 그러면 누비이불 한 채 더 장만해서 너랑 나랑 덮자. 곁에 붙어 누운 어머니의 나지막한 중얼거림, 이마의 잔머리를 쓸어 넘겨주던 마른 손가락, 가슴을 토닥이던 손의 무게를 회상했다. 이름을 부를 수도 없을 만큼 소중한 이에게 닿기 위해 짙은 안개 속을 헤매는 것 같던 그 밤이 지나고 아침이 왔다.
눈물로 축축한 베갯잇과 단단하게 나를 감쌌던 꿈의 끝자락을 더듬는데 문득 모든 것이 명료해졌다. 선잠에서 깰 때마다 보고 들었던, 고개를 조아리고 두 손을 모은 어머니의 등이며 낮은 읊조림. 그 모든 것의 의미가. 돌아가시기 얼마 전부터 어머니가 조금씩 언급했던, 오랜 꿈과 오랜 일, 목소리와 수집 같은 알 수 없는 말들의 효용이. 이야기와 꿈을 맞바꾸자는 목소리가 들릴 텐데, 그 말대로 하거나 하지 않는 것은 모두 내 선택이라던 당부의 무게가.

나와 달리 미성은 어릴 때부터 이모에게 그에 관한 이야기를 자세히 전해 들었다. 그래서 목소리와 목소리가 하는 일에 관해 제법 잘 알았다. '오랜 일'이란 '우리가 직접 보고 들은 누군가의 사연'을 뜻하고, 목소리는 우리가 전한 오랜 일 중 일부를 꿈으로 엮어 먼바다와 먼 들의 가장 깊은 구석까지 퍼뜨린다고 했다. 그렇게 목소리를 듣는 사람들을 '수집가'라고 부르는데 대개 집안의 여자 어른에게서 여자아이에게로 그 임무와 능력이 대물림된다고 했다. 그리고 오랜 꿈이란 오랜 일들을 씨실과 날실 삼아 이루어진, 사실도 거짓도 아닌, 아니 사실이고 거짓인 이야기였다. 세상 모든 것들이 함께 만들고 함께 꾸는 꿈이었다. 오랜 꿈을 누구보다 먼저 꾸는 건 수집가의 특권이자 혜택이었다. 자신이 고한 오랜 일이 오랜 꿈이 되어 멀리멀리 퍼져나간다는 것은 또한 우리만의 명예이고 소명이었다.

올림말을 선별하고 새 어휘를 조사하는 한편 어문 규범을 논의하는 중간중간 우리는 수집가의 일과 관련한 퍼즐들을 맞춰나갔다. 각자의 일터로 돌아가 뜻풀이 원고를 배분하고, 수거하고, 교정과 교열을 진행하며 다음 회의를 준비하는 동안에는 그간 맞춘 퍼즐을 찬찬히 바라봤다.

'이야기'라는 표제어에 도착했을 때의 기쁨이 생생하다. 영원히 이어질 것 같았던 ㅅ을 지나 ㅇ의 끝에 도달했다는 뿌듯함에 수집가로서의 정체성이 더해졌다.

"어떤 사물이나 사실, 현상에 대하여 일정한 줄거리 혹은 내용을 가지고 하는 말이나 글"이라는 첫 번째 뜻에 이어 "자신이 경험한 지난 일이나 마음속에 있는 생각을 남에게 일러주는 말", "말하는 사람끼리 서로 오가는 말" 등의 뜻풀이를 지나자 "어떤 사실에 관하여, 또는 있지 않은 일을 꾸며 재미있게 하는 말"이라는 정의가 나왔다. 애초 "있지 않은 일을 꾸며 하는 말"이었던 정의에 내가 "어떤 사실에 관하여"라는 설명을 덧붙인 결과였다. 미성이 이를 알아보고 내뱉었다.

"좋네요. 이게 맞지요."

표제어를 정의하기 위해서는 영어, 일본어, 중국어 등 다른 언어의 사전을 적극적으로 참고해야 한다. 그러다 뜻밖의 공통점이나 차이점, 연결 지점이 나오면 우리는 서로에게 전하며 신기해했다. 미성이 중국어로 '이야기'가 '고사(故事)'임을 알

려줬다. 고(故)는 보통 '사건' 혹은 '사고'라는 뜻이지만, '본래'라는 의미도 있었다고 했다. '옛날'이라는 뜻의 고(古)와 음의 높낮이만 다를 뿐 발음이 같다니, '오랜 일'의 연원 같았다. 한편, 일본어에서 '이야기'를 뜻하는 'ものがたり'가 '물어(物語)'임을 알린 건 나였다. 한자 물(物)에는 인간의 감각으로 느낄 수 있는 실재적 사물이라는 의미가 있다. 우리가 수집하여 전한 오랜 일들 역시 손으로 만지고, 귀로 듣고, 코로 냄새 맡고, 눈으로 보고, 귀로 들어 분명히 감각한 것들 아니던가.

나에게 글을 가르쳐줬지만 소식을 모르게 된 앞집 언니의 다정한 말투와, 피난길 어디쯤에서 더는 울음소리가 들리지 않게 된 갓난 동생의 작고 보드라운 발과, 전쟁이 끝나 집으로 돌아가게 됐다던 동무의 서글픈 눈 같은 것들.

그렇게 우리는 분명히 아는 것에 관해 대화하는 한편, 우리가 수집한 이야기가 사람들이 꾸는 꿈을 어떻게 바꾸어왔는지를 곱씹었다. 자꾸만 빠져나가는 의미를 종이 위에 붙잡아두려 하다 보면 어떤 방식으로든 실패하지 않을 도리가 없는 사전 편찬 작업이, 수집가의 의무와 비슷하고 또 다르다고 한탄하기도 했다. 하지만 이것만은 분명했다. 문자에 얽매인 사전, 정치적 상황에 휘둘리는 우리의 프로젝트와 달리 수집의 일은 처음과 끝을 짐작할 수도 없이 넓고 깊었다. 그리고 우리는 그 흐름의 피할 수 없는 일부였다.

영원할 것 같았던 그 시절의 끝은 시작처럼 갑작스러웠다. 남북 관계가 얼어붙었고, 공동 편찬 작업이 사실상 중단된 이후 10여 년이 흘렀다. 목소리는 점점 뜸하게 들려왔고, 마땅히 오랜 일과 오랜 꿈 역시 멀어졌다.

여전히 홀로 깨어 있는 밤이면 혹시나 하는 마음에 숨죽여 귀를 기울인다. 그리고 미성의 말을 곱씹는다.

아주 오래전에는 먼 곳에 떨어진 수집가들이 꿈속에서 연결됐대. 아직 꿈이 되기 전 서로가 수집한 오랜 일을, 목소리를 통하지 않고도 전해 들었대. 태어난 마을에서 한 발짝도 벗어나지 못한 수집가들은 그렇게 지구 반대편의 이야기를 접했대. 우리는 모두 동무인 셈이지.

너는 이런 날이 올 것을 알고 있었을까. 거짓말처럼 소식조차 전할 수 없게 되더라도, 텅 빈 들판에 홀로 서서 세상의 모든 바람을 다 맞고 있는 것 같은 때가 오더라도 우리는 틀림없이 연결돼 있으리라고 말하고 싶었던 걸까.

"아니지, 미지야, 너 아니잖아."

영설은 자신도 모르게 중얼거리면서 단축 번호 1번을 눌렀다. 머릿속으로 조건반사처럼 시뮬레이션이 이어졌다. 귀갓길 뒷골목에서 괴한에게 습격당한 여성 피해자의 사례라면 단신감이었다. CCTV 귀신이 사실을 확인하는 대로 온라인 속보를 올리고, 추가 취재로 경찰의 멘트 몇 개만 따서 써 보내라고 하면 내일 자 2판 정도에는 반영되겠지. 부장에게는 문자로 보고하고…. 그렇게 일상적인 업무처럼 취급하면 별것 아닌 일이 될 것 같았다. 통화 연결음을 들으면서 인터넷으로 추가 검색을 하려는데 어찌 된 일인지 자꾸만 오타가 났다. 갑자기 연결음이 멈췄다. 그럼 그렇지.

"아, 왜 이렇게 안 받아."

"송천경찰서입니다."

낯선 목소리에 영설이 비니를 벗어 들며 침을 삼켰다.

"안미지 씨 가족 되시나요?"

형사의 목소리가 자꾸만 끊겼다. 대기 통화가 들어오는 듯했지만, 무엇을 어떻게 해야 하는지 갑자기 아무것도 알 수가 없었다.

"안미지 씨가 대략 45분 전 괴한의 습격을 받아 사망하셨습니다."

괴한, 습격, 사망. 그간 수십, 수백 번은 기사에 썼던 낱말들이 무슨 뜻인지 가늠하기 위해 안간힘을 쓰던 영설의 머릿속에 겨울 바다를 보기 위해 함께 휴가를 냈던 몇 년 전이 떠올랐다. 창문을 열어놓고 둘이 한 이불을 둘러쓴 채 내리는 눈을 구경하는데 미지가 중얼거렸다.

"폭설이네."

어디서 이렇게 많은 눈을 품고 구름이 몰려왔을까, 따위의 생각을 멍하니 하던 영설이 이를 받았다.

"폭설. 사나운 눈이잖아. 폭언, 폭행, 폭주, 폭망… 이런 거라면 몰라도, 지금 이 풍경에 사납다는 말은 안 어울리지."

"모르는 소리."

미지가 건조하게 입을 뗐다.

"눈이 어디에 얼마나 내리고 있는지 알려주는 제일 정확한 출처가 어딘지 알아?"

"눈 내리는 카톡 창?"

장난스러운 대답에 미지가 코웃음을 쳤다.

"그건 설정을 바꿔주는 카톡 직원이 근무하는 판교에 눈이 내린다는 얘기고."

그 대목에서 영설은 살짝 놀랐다. 최소한 기상관측소 정도와는 연동된 근거 있는 시스템인 줄 알았는데.

"그래도 SNS라는 점에서는 근접했네. 어느 지역에서 눈 사진이 첨부된 포스팅이 갑자기 늘어난다 싶으면 어김없어. 그 순간 트래픽은 강설량에 비례하고. 그러다가 슬슬 부정적인 단어나 표현이 포함된 포스팅이 올라오면서 분위기가 바뀌는 거야. 어딘가에서 누군가는 재해를 겪고 있는데 한가한 소리나 할 때냐고. 조금 더 지나면 진짜 사건 제보나 사고 뉴스가 뒤를 잇지. 이 정도면 꽤 사납지 않아?"

영설은 별생각 없이 내뱉은 자신의 흰소리를 미지가 아무렇지도 않게 바로잡아줄 때마다, 그 무심하고 단단한 설명을 통해서만 닿을 수 있는 객관적인 세상이 있다는 게 좋았다.

"단어의 본래 뜻 같은 건 무의미한 거야. 상자 속 고양이가 살았는지 죽었는지도 말할 수 없는데, 고정된 의미 같은 게 어디 있겠어. 개별로는 의미 없는 데이터들의 관계를 꿰는 것이 중요한 것처럼 함께 쓰이는 단어들의 관계를 파악할 수 있으면 어떻게든 뜻은 통한다니까."

병원에 도착하여 몇 개 층을 구르듯 내려가면서 영설은 상자 속 고양이를 생각했다. 시체 안치실에 이르자 형사가 신분증을 보이며 말했다.

"병원 이송 중에 사망하셨습니다. 발견 당시 이미 심정지 상태였다고 합니다."

영설은 안치실 문을 여는 형사를 막고 싶은 충동을 느꼈다. 고양이를 확인하는 행위 자체가 결과에 영향을 미친다면, 상자는 열지 않고 그냥 두는 편이 낫지 않을까. 고양이는 살아 있다고 믿으면서. 그 문을 열지 않고 집으로 돌아가면, 방 안을 시원하게 해놓고 기다리던 미지가 차가운 손을 내밀며 빨리 덥혀달라고 말하는 건 아닐까. 오늘 정말 깜짝 놀랄 일이 있었어. 어찌나 놀랐는지 심장을 토하는 줄 알았다니까. 그런 말들을 과장되게 늘어놓으면서 수다를 떨 수 있지 않을까.

그러나 하얀 천 밑으로 삐져나온 왼손 두 번째 손가락에 반지 자국이 선명했다.

처음엔 그저 생일 선물로 탄생석이 박힌 액세서리를 사주려고 했다. 그런데 탄생석이 다이아몬드였고, 반지를 고른 건 다분히 충동적이었다. 언뜻 보면 가느다란 금반지에 불과했지만 가까이에서 들여다보면 분명 깨알 같은 다이아몬드가 박힌 반지를 건네며 영설은 너스레를 떨었다.

"와, 하필 4월 탄생석이 다이아몬드야. 불멸과 사랑을 뜻한다니 비싼 돌답네."

다이아몬드가 작아서가 아니라, 두려움을 감추기 위해서. 장신구를 착용한 적 없는 미지가 손사래를 칠까 봐, 반지를 끼워주려는 손길을 뿌리칠까 봐, 다이아몬드를 건네는 속내를 농담 취급할까 봐 무서웠다. 그러나 미지는 영설이 하는 대로 놔두었고, 반지는 둘째 손가락에 겨우 맞았다.

"장신구 등 소지품은 여기 있습니다. 현금과 카드도 남아 있는 걸로 봐선 금전을 노린 범죄가 아닌 듯합니다."

영설이 빈 손가락을 확인하는 걸 눈치챈 형사가 지갑과 이어팟, 그리고 반지 등이 담긴 지퍼백을 들어 보였다.

"이 밖에 그… 무슨 아이스크림 포장도 들고 계셨던 것 같은데 모두 훼손되어 현장에서 간단한 감식을 진행한 뒤 폐기했습니다."

어두침침한 조명 아래에서도 깨알 같은 다이아몬드가 반짝였다. 영설이 지퍼백을 향해 손을 뻗었다. 형사가 난처해하며 나섰다.

"죄송합니다. 정황상 타살이라서 모두 증거물로 분류됩니다. 감식 절차를 마친 뒤 가족 혹은 법적 보호자에게 인도하겠습니다. 가족… 되시죠?"

"동거인이고, 가족은 없습니다."

언젠가 서로의 수술 동의서에 사인이라도 할 수 있으려면 급한 대로 일단 양자로 삼을까, 실없는 농담을 주고받은 적이 있었다.

"반지는 제가 선물했고요."

필요하다면 상품 보증서나 영수증을 찾아올 기세를 눈치챈 걸까. 형사가 별말 없이 물러섰다.

영설은 집게손가락의 새로운 쓸모를 발견하기라도 한 것처럼 제 손을 이리저리 살피던 미지의 얼굴을 생각했다.

불멸과 사랑의 의미를 담고 있는, 확실하게 빛을 반사하는 작은 돌을 미지는 제법 오래 만지작거렸다. 미지의 눈이 빛났고, 먼 집의 작은 창에 따뜻한 불이 켜지는 것 같았다. 반짝이는 것을 향해 손을 뻗는 것은 인간의 본능인가 봐, 그런 생각을 하며 미지의 두 뺨을 손으로 감쌌다. 미지가 말했다.

"이런 거였구나, 누군가에게 속하는 기분."

그때 영설은 깨달았다. 도서관 근로 장학생으로 처음 만난 둘이 함께 퇴근하던 날부터 이 순간을 생각했음을. 그날 밤 막차를 놓치고 난처해하는 영설에게 미지가 조용히 제안했다. 룸메이트가 본가에 가 있으니 자기 방에서 첫차를 기다리라고.

캔 맥주 두 개를 사 들고 간 미지의 기숙사 방에서 영설은 무엇에 홀린 것처럼 줄줄이 이야기를 늘어놓았다. 아빠의 가정 폭력이 본격화되기 직전 할머니가 아들 부부에게 명령하다시피 성사시킨 이혼, 결국 소식이 끊긴 아빠의 자리가 아쉽지 않을 만큼 양육비는 물론 생활비까지 조달한 고모, 갑자기 사고로 세상을 떠난 엄마에 대해서까지. 새벽달이 떠오를 무렵 영설이 제안했다.

"우리, 같이 살까?"

영설은 그 순간을 떠올릴 때마다 신기했다. 어디서 그렇게 갑작스러운 용기가 생겼을까. 하지만 그 밤 내내 고개를 끄덕이며 듣기만 하던 미지는 영설이 그렇게 나오리란 걸 아마 알고 있었던 것 같다. 그토록 천천히, 오랫동안 고민해서 쓴 편지를 읽듯 자신은 보호 종료 아동 혹은 자립 준비 청년이라 학교 기숙사를 지원받고, 그러니 따로 방을 구할 필요가 없다는 말을 한 걸 보면. 그러고는 영설이 아쉬워할 틈도 없이 미지가 덧붙였다.

"하지만, 지원이 언제고 끝날 수는 있다더라."

그렇게 말하며 미지가 슬며시 웃음을 지었던가. 학교를 졸업하고 둘 다 직장을 구해 매달 월급이 통장에 꽂히기 시작했을 때는 이렇게 말했다.

"요 몇 달 왜 이렇게 먹은 것도 없이 배가 든든한가, 다섯 시간만 자고 일어나도 기운이 넘치나 생각하다가 깨달았어."

영설은 잠자코 뒷말을 기다렸다.

"한 달보다 더 먼 미래를 생각한 건 내가 기억하는 한 이번이 처음이더라고. 저녁 메뉴를 고민하고, 주말 계획을 짜고, 휴가를 계획하고, 몇 달 동안 월급을 모아서 갖고 싶었던 것을 장만하고."

영설은 그간 가계부를 쓰고, 예산을 짜고, 식비를 줄이기 위해 일주일치 식단을 짜야 한다며 성화인 미지를 장난스레 타박했던 게 미안해졌다. 먹먹한 마음을 감추기 위해 자신이 생각해도 깜짝 놀랄 만큼 큰 소리로 말해야 했다.

"생활비랑 식비 오버하지 말라는 말을 이렇게 하다니 너무하네. 우리 이제 장보기, 요리, 청소, 설거지, 빨래 당번이며 요일까지 다 정해서 계획해놓자!"

안치실이 위치한 지하에서는 잠잠했던 휴대전화가 요란하게 알림을 보내오기 시작했다. 대부분 CCTV 귀신이었다.

— 경찰서에서 사건 정보 받았어요. 피해자 이름도 알았고요.

— 추가 취재해서 일단 2매로 쓰면 될까요?

영설이 바로 전화를 걸어 말했다.

"내가 해."

"네?"

"당신 내가 쓴다고."

뭐라 말하는 소리가 들렸지만 그대로 전화를 끊으며 다시 한번 중얼거렸다.

"내가 한다고."

다른 사람에게 맡길 수는 없었다. 보이는 아무 벤치에나 주저앉았다. 승주에게 당직 이탈을 알렸는지 기억이 나지 않았다. 통화 목록에 3분의 통화 기록이 있는 걸 보면 알리긴 한 모양이었다.

― 귀갓길, 괴한 습격으로 사망한 여성 피해자 기사 2매로 곧 써서 전송합니다.

손가락이 저절로 움직여 승주에게 문자를 보내고는 메모장을 열었다. 낯선 문장들이 손끝에서 흘러나왔.

'지난밤 자정께 서울 송천구의 한 뒷골목에서 30대 여성이 숨진 채 발견됐다. 새벽 0시 20분쯤 인적이 드문 골목에 쓰러져 있는 피해자를 발견한 행인이 신고했고, 피해자는 병원으로 옮겨졌으나 이송 중 사망했다. 귀가 중이던 희생자의 몸에는 자상과 저항 흔적이 남아 있었다. 경찰은 정확한 사인과 범죄 과정을 밝히고 범행의 단서를 확보하기 위한 부검을 신청한 상태이다. 목격자가 없는 탓에, 경찰의 초동 수사가 난항을 겪을 것으로 보인다. 한편, 사건 발생 무렵 현장 인근의 방범용 CCTV 다수가 제대로 작동하지 않은 것으로 밝혀졌다.'

마지막으로 '송천구 뒷골목서 귀갓길 30대, 폭행에 의한 타살'이라는 가제목을 윗줄에 추가하고서야 영설은 한 시간이 흘렀음을 깨달았다. 분명히 한달음에 써 내려갔다고 생각했는데.

전송 버튼을 누르고 나자, 데스크에서 마지막 문장을 문제 삼을지도 모른다는 생각이 들었다. '한편'은 파편화된 사실을 하나의 흐름으로 엮는 과정에서, 뾰족한 연결고리를 찾을 수 없지만 빠트리고 싶지 않은 정보를 추가할 때 유용한 표현이었다. 본문이 넘쳐서 어딘가를 쳐내야 한다면 '한편' 이후에 나오는 문장을 제일 먼저 날려버리곤 했다. 더구나 기승전결을 중시하는 깐깐한 데스크가 가장 탐탁지 않아 하는 표현이기도 했다. 하지만 부족한 정보를 토대로 하는, 2매도 채 안 되는 속보라면 그냥 넘어갈 가능성이 컸다.

아무리 노력해도 이보다 길게 늘여 쓸 수 없었다. 미지를 특정할 수 있는 어떤 정보도 기사에 넣고 싶지 않았다. 부검 결과가 나오는 24시간 뒤라면 몰라도 현재로선 아무것도 밝혀진 게 없었다. 확실한 건 단 하나, 미지가 없다는 것뿐이었다.

영설이 뻑뻑한 눈을 감은 채 허리를 펴며 등을 기댔다. 사방이 고요했다. 에어컨의 사자후가 그리울 정도였다. 순식간에 기사를 확인한 승주가 전화를 걸어 왔다.

"피해자 신상 정보 알고 있다며."

"네."

"성이 뭐야. 김 모 씨, 이 모 씨. 한 줄짜리 속보도 아니고 그 정도 정보는 넣어야지."

"그게 있다고 뭐 달라집니까. 자세한 수사 경과 나와서 후속 기사 내게 되면 그때 실으면 되죠."

"후속 기사가 필요할 정도야?"

귓갓길 여성이 별다른 동기 없이 폭행, 살해당한 사건의 뒷이야기를 사람들이 궁금해하겠냐는 의미였다. 순간 영설은 너무 많은 말이 한꺼번에 떠올라서 아무 말도 할 수 없었다. 그래서 지금 꼭 해야 하는 말을 먼저 하기로 했다.

"저 오늘부터 3일 동안 연차 좀 쓸게요."

습관처럼 사유를 말하려던 영설이 멈칫했다.

"여행? 병가? 경조사?"

"집에 일이 생겼어요."

그러니까 우리는 끝까지 가족이 될 수 없었다. 우리는 같은 집을 점유했고 그곳에서 같은 꿈을 꾸었다. 그뿐이었다.

피난이 결정됐다. 오랑캐들이 마른 계절 들불처럼 휘몰아 오고 있다는 소식이, 임금이 도성을 버릴 거라던 풍문이 사실이었다. 임금께서 종묘과 사직을 두고 떠나실 리 없다며 입단속하던 제조상궁이 직접 걸음 하여 이른 내용에 따르면 출궁 시간은 자시이되, 목적지는 기밀이다. 동궁전에서 동행할 인원은 세자빈 부부 포함 총 여섯. 나인 열여섯 중 단 셋만을 뽑아 챙기란 뜻이다.

난리통에 대를 이어야 한다는 일념으로 웃전들이 세자와 세자빈을 정했고, 급하게 주인을 맞이한 동궁전 살림을 내가 떠맡은 게 불과 달포 전이다. 지밀상궁이라지만 교태전 출신인 내가 아는 건 거의 없다. 정보를 수집하려 밖으로 나섰다. 다른 내전을 들락거려도 궁녀들을 다그치며 입으로 행장을 꾸릴 뿐인 수장 내시들에게선 건질 게 없다. 저희들끼리는 옷 한 벌 수선은커녕 한 끼 식사도 내지 못할 사내들의 목소리가 허공에서 흩어진다.

"아무래도 최 상궁 마마님이 맡아두시는 게 제일 나을 성싶습니다. 미처 필사를 마치지는 못했지만, 대비마마께서 각별히 여기시는 고담인데 그래도 웃전 물건들과 함께 두는 게 낫겠지요."

교태전에서도 별 수확이 없어 걸음을 돌리려는 나에게, 서책 세 권을 허리춤에 밀어 넣더니 들이가 속삭였다. 생각시 시절 방을 함께 쓰며 훈육을 할 때부터 한결같이 재바르고 영민한 아이였다. 보릿고개를 넘기지 못하고 세상을 떴다는 할머니가 그리워 숨죽여 울다가도, 내가 그 옆에서 혼잣말처럼 입을 열면 이내 훌쩍이는 소리가 잦아들 정도로 이야기를 좋아하는 아이이기도 했다. 그 아이도 피난에 합류하는지 알기 위해 행색을 살피자 그예 말을 덧붙인다.

"몸 성히 돌아오시어요. 전 예서 꽁꽁 숨어 있을 터이니."

모시는 분의 운명에 따라 생사가 바뀌는 우리는 마주 잡은 손끝으로 재회를 가늠한다. 피난과 잔류 중 무엇이 더 고되고 험할지 짐작할 수 없기에 아무 말도 더하지 않는다. 들이의 반듯한 이마를 눈에 담으려니, 밤마다 목소리가 들려온다는 말을 짐짓 못 들은 체한 것이 후회스럽다.

사당 관리자 일행이 멀리 보인다. 갈지자걸음을 숨기지 못하는 인솔자를 행과 열도 지키지 못한 오합지졸이 뒤따른다. 그들이 허술하게 품은 신줏단지를 어디로 모시는지는 놀라울 정도로 궁금하지 않다. 나에게는, 우리에게는 글을 읽고 쓸 수 있는 내명부의 모두가 손을 더해 옮긴 먼 나라와 먼 시간의 사연들이 어디에서 비로소 안전할 수 있을지가 더 중요했다.

"누가 오랜 일을 달라거든 꼭꼭 숨기지 말고 다 풀어서 흘려보내야 한다, 아가."

궐 밖에 두고 온 가족이 그리워 잠을 설치는 밤이면 훈육 상궁 마마가 말씀하셨다. 아무도 궁금해하지 않는 사연에도 마음이 쓰이는 날들이 지나면 인기척 없이 목소리가 들려올 거라 했다. 홀로 빤짝이는 것으로 향하는 눈길과 거기 머무는 손길을 그대로 놓아두라 했다. 안으로 흘러들어온 이야기가 오랜 일이 되어 흘러 나가고, 어느 날 어느 밤 꿈결이 되어 되돌아올 거라 했다. 과연 목소리는 매일 밤 조금씩 분명해졌고 계례를 치른 날 밤에는 북쪽 하늘에 빛나는 별처럼 선명하더니 그 모든 말이 그대로 이루어졌다.

오랜 일 하나 들려다오. 오랜 꿈 하나 보여줄게.

만난 적 없는 이가 그립고, 먹어본 적 없는 이국의 과일 맛이 혀끝에 감도는 밤이면 목소리가 말했다. 내 귀와 눈에 흘러든 이들의 사연으로 답하면, 꿈이 이어졌다. 매사 서투른 나를 아껴주신 상궁마마가 마지막 숨을 내뱉던 순간 흘린 눈물방울을 떠올리고 나면, 알 수 없는 두려움에 훌쩍이는 나를 끌어안아주던 마마님 품의 온후함만이 밤새 나와 함께였다. 깨고 난 뒤에는 고봉밥을 뱃속에 밀어 넣은 듯 든든하여, 대한 추위에 찬 우물물로 누비이불을 빨아도 손이 시리지 않고, 삼복더위에 과자를 튀겨도 기름불이 덥지 않았다.

그런 밤이 반복되면서 나는 꿈의 정체를 조금씩 더 분명하게 기억하려고 안간힘을 썼고, 조금씩 많은 꿈의 기억을 품고 아침을 맞이했다. 오랜 꿈은 점점 더 먼 과거를 가리키더니 인간의 규칙과 법도가 도착하기 전, 하늘 아래 모든 것이 자유롭게 대화하던 마법의 시간을 보여줬다. 인간과 동물, 세계와 생명, 너와 나의 경계가 희미해서 인간이 이 땅의 모든 것과 끈끈하게 연결된 채 나누는 대화를 들려줬다.

궁녀의 비밀 업무 중 하나는 내명부의 웃전들이 돌려 읽을 수 있도록 고담을 옮겨 적는 것이었다. 그 일을 하고 있노라면, 목소리를 듣고 오랜 일과 오랜 꿈이 자리를 바꿀 때와 같은 기분이 되었다. 오랜 꿈을 꾸기 전으로 돌아갈 수 없는 것처럼, 고담을 읽기 전과 후의 나는 전혀 다른 사람이 되어 있었다.

온전히 가짜라고는 믿을 수 없는 이야기를 고담(古談), 그러니까 오래된 이야기라고 부르는 까닭이 있는 걸까. 내가 가본 적 없는 곳, 살아본 적 없는 시간에 벌어진 일을 담은 고담에 빠질 때마다, 큰 바다 건너, 높은 산 너머에서 오랜 일을 수집하는 이들의 존재를 분명히 느낄 수 있었다.

내려앉은 땅거미를 뒤집어쓴 채 걸음을 재촉한다. 오늘은 달이 뜨지 않을 것이다. 꿈도 없이 북으로 향하는 밤, 돌부리에 걸려 넘어지지 않으려면 단단히 채비를 해야지. 궐 밖에는, 길 위에는 또 다른 이야기들이 있을 테니.

그 모든 새로운 오랜 일을 빠짐없이 기억한 뒤, 아무것도 베지 않은 채 떠나온 집으로 향하는 칼처럼 이곳으로 돌아오면, 그때는 들이에게 분명히 알릴 것이다.

고담을 베끼고 원전에 뭔가를 더하는 것 못지않게 중한 일들, 목소리를 듣고 답하는 것에 관해. 일하는 손이자 듣는 귀이며 전하는 입이라는, 너와 내가 함께 속한 운명에 관해.

영설이 기사를 세상에 내보내면서 느끼던 뿌듯함 혹은 후련함이 희미해지기 시작한 것은 3년 차 때의 일이었다. 사회부로 와 처음으로 준비한 기획 기사의 주인공은 생활고 혹은 고립감을 이기지 못하고 극단적 선택으로 내몰리는 자립 준비 청년들이었다. 취재원의 수소문과 연결에 적극적으로 나서는 등 많은 도움을 줬던 미지는, 한 평짜리 고시원에서 생을 끝마쳤을 젊은이의 마지막을 상상하는 기사의 첫머리에 싸늘한 표정을 지었다.

"이 친구 이름은 백호연이야."

기대와 다른 반응에 영설은 어리둥절했다.

"시설에서 주는 용돈을 모아서 동생들에게 떡볶이 사주는 걸 좋아했고, 순대를 시킬 때는 부속을 많이 달라고 부탁하는데 간보다는 허파를 좋아해. 자립 준비금의 3분의 1은 고시원 보증금으로 넣어서 월세를 줄였고, 3분의 1은 이율이 높은 정기예금을 골라서 넣었고, 나머지 3분의 1은 펀드에 넣을 정도로 앞가림을 잘했어. 호연이 꿈이 뭐였는지는 알아?"

영설은 천천히 얼굴이 화끈거렸다.

"행정고시 합격. 우리 같은 사람들을 위한 제도적 지원을 정비하려면 고위 공무원이 되어야 했으니까. 온정의 손길이 필요한 불우이웃으로 비쳐봤자 돌아오는 건 값싼 동정이 담긴 후진 댓글뿐이라는 걸 너무 잘 알고 있었거든."

영설은 머그잔을 감싼 미지의 손등에 푸른 핏줄이 유난히 도드라지는 것을 바라보며 입을 열었다.

"더 많은 사람들이 공감하게 되면 문제를 알려들고, 알게 되면 뭔가 달라질 거라고 생각했어."

"문제? 우리가 문제야? 아무 보호막도 없이 맨몸으로 세상에 나선 애들이 문제야? 문제엔 원인이 있지. 기자들이 좋아하는 인과관계. 모든 일에 원인이 있다니, 얼마나 근사해. 그것만 바로잡으면 해결될 것 같고. 하지만 애들이 시설에 들어오는 게, 얼굴도 기억 안 나는 부모가 사고로 죽었기 때문인지, 그냥 싫증나서 애를 버렸기 때문인지 알면 뭐가 달라지지? 나에겐 없는 할머니와 고모가 너에게 있는 것처럼, 운 좋게 내 머리가 좋았는지 공부를 잘해서 대학도 가고 취직을 한 것처럼, 혹은 너랑 내가 만나서 이렇게 살 맞대고 사는 것처럼 그냥 그렇게 된 거야."

한적한 빈소를 둘러보는데 그렇게 말하며 한없이 가라앉던 미지의 표정이 떠올랐다. 그날 이후 영설은 추리소설을 읽을 때만 인과를 찾았다. 그런데 지금은 그 어느 때보다 거기에 매달리고 있었다.

궁금하고, 또 알고 싶었다. 어째서 이런 일이 벌어졌는지. 왜 네가 나의 귀가를 기다리는 게 아니라 내가 너의 부검 결과를 기다리게 된 건지. 원하는 것, 아니 절대 원하지 않는 것 역시 점점 분명해졌다. 후진 말과 같잖은 동정이 미지에게 닿는 것, 미지의 죽음을 '그냥 그렇게 된 일'로 남기는 것.

미지의 직장, 그리고 10여 년 전에 나온 보육원에서 찾아온 몇몇 조문객이 드문드문 찾아와서 쭈뼛쭈뼛 절을 하고 떠나가는 모습을 멍하니 바라보는 영설 옆에 누군가 달려와 앉았다. 제언이었다. 전화 통화로 병원 이름을 확인한 화연이 제언까지 대동하여 나타났다.

"아가, 춥지?"

제언이 영설의 뺨에서 마른 눈물을 닦아내며 말했다. 영설의 아빠가 처음으로 엄마에게 손찌검을 한 날, 한밤중에 달려온 영설에게 제언은 그렇게 말했다. 영설의 엄마가 뺑소니차에 치인 날 병원으로 날아온 제언의 첫마디 역시 같았다. 마지막으로 그 말을 들은 것은 미지를 소개한 날이었다. 자신의 생일 파티에 손을 꼭 잡고 나타난 손녀와 그 여자 친구를 가만히 바라보더니 미지에게 손을 내밀면서 말했다. 아가, 춥지?

그 순간이 떠올라버린 영설은 고개를 끄덕일 뿐이었다. 제언은 자신의 딱딱한 무릎을 베고 눕는 손녀의 어깨를 연신 쓸어내렸다.

영설의 눈앞에 한겨울의 풍경이 펼쳐졌다. 많은 눈이 퍼붓고 있다. 추위는 느껴지지 않는다. 분명히 숨을 쉬고 있지만 입김도 콧김도 나오지 않는다. 느껴지는 것은 청각뿐이다.

  탐스러운 눈송이들이 서로의 몸을 포개는 소리가 들린다. 앞서간, 앞서가는 이들의 발소리가 멀리서부터 전달된다. 소리는 과연 파동이었다. 뒤를 잇는 발소리가, 귀가 아닌 온몸에 전율로 닿는다. 그리고 들려오는 목소리의 낮은 진동에 온 신경이 곤두선다.

  "오랜 일 하나 들려다오. 오랜 꿈 하나 보여줄게."

  순간 영설이 눈을 번쩍 떴다.

  괜찮다, 괜찮아. 영설의 머리를 쓰다듬는 제언의 읊조림이 꿈속 목소리와 겹쳐졌다. 그 목소리를 곱씹으며 영설이 중얼거렸다.

  "오랜 일, 오랜 꿈."

  제언의 손이 멈췄다. 화연과 제언이 시선을 교환했다. 영설이 자신을 바라보는 시선을 느낀 화연이 참았던 숨을 내뱉으며 말했다.

  "어쩐지 요즘 나한텐 안 들리더라."

  제언이 중얼거리며 이번에는 영설의 어깨를 도닥였다.

  "그래, 결국 그렇게 되는 거였구나."

  힘들게 몸을 일으킨 영설이 이번에는 제언을 응시했다.

그러자 기나긴 한숨처럼 이야기가 흘러나왔다. 어미에서 딸로 이어지는 수집의 의무와 의미에 관한 설명은 그 자각이 왜 지금 여기에서 이뤄진 것인지에 대한 추측으로 이어졌다. 제언은 한글을 갓 뗐을 때, 화연이 고등학교 1학년 때 목소리를 처음 들었던 걸 생각하면 영설에게는 굉장히 늦게 찾아온 셈이었다. 초지일관 목소리에 대답하는 것을 거부했다는 화연이 퉁명스럽게 말했다.

"난 기승전결이 명확하고, 인과응보가 타당한 이야기가 좋아. 주워 담아봤자 어떤 식으로 돌아올지 알 수도 없는 조각조각을 모으느라 잠 설치는 건 내 일이 아냐. 내가 통제할 수 있는 세계에서 꽉꽉 막힌 엔딩을 낼 수 있는 그런 이야기를 처음부터 끝까지 직접 만드는 게 훨씬 낫지."

지금의 영설이 떠올릴 수 있는 건 모조리 미지와 관련된 일이었는데, 미지의 모든 것은 과거가 되어버렸다. 그러나 영설이 원하는 건 미지에 관한 기억이 아닌, 미지였다. 만질 수 있고 살을 맞댈 수 있는, 현재의 미지였다. 영설의 속울음을 느낀 듯 제언이 말했다.

"대답하기 싫으면 안 해도 돼. 괜찮아. 내가 안다, 네가 어디 있는지. 나도 가봤다, 거기."

— 부검 결과 나왔습니다.

담당 형사의 문자를 받은 영설은 장례식장을 화연과 제언에게 맡긴 채 부검실로 달려갔다.

"선생님, 아니, 기자님, 들어오시죠."

형사는 여전히 영설을 어떻게 불러야 할지 정하지 못한 것 같았다. 최대한 자세히 그러나 불필요한 오해 없이 정황을 설명해야 하는 가족 아닌 유가족과, 웬만하면 불필요한 정보를 주지 않으면서 적당히 이용하고 이용당해야 할 담당 기자가 동일인이라니, 그럴 만도 했다.

부검의가 브리핑을 시작하자, 형사가 수첩을 꺼내어 끄적이기 시작했다. 영설이 뒤늦게 녹음 버튼을 누르고 휴대전화를 부검의 쪽으로 가져다 댔다. 유가족과 기자 사이에서 가장 요란하게 진동하는 것은 다름 아닌 영설이었다.

"34세 안미지 씨, 어깨와 복부, 흉부, 그리고 목 등 다섯 곳에 이르는 자상을 입고 과다 출혈과 충격으로 인한 심정지로 사망하셨습니다. 살인에 사용된 도구는 날 길이 10센티 미만의 접이식 주머니칼입니다."

부검의는 범인을 키 185센티미터 정도에 건장한 체구인 오른손잡이 남성으로 추정했다. 영설이 질문을 던졌다.

"일반적인 뒷골목 상해 치사와 다른 점이 있을까요."

부검의와 형사의 눈빛이 달라졌다. 영설은 자신이 취재 기자처럼 굴고 있다는 것을 깨달았다. 종이에 손끝을 베인 것과 같은 예리한 통증이 가슴에 감지됐다.

다시 장례식장으로 향하려는 영설에게 CCTV 귀신의 전화가 걸려 왔다.

"선배, 휴가신데 죄송해요. 관련 사건 있으면 알려 달라 하신 것 때문에…."

"괜찮아, 뭔데?"

"뒷골목 폭행 치사 사건 추가요. 이번에는 영진구에서. 미수이고 자상인데, 중상이라 피해자 의식 없습니다."

하나님 외의 다른 신은 없도다.
증언컨대 무함마드는 그분의 예언자로다.

오후 기도 시간을 알리는 아잔 소리에 언니와 나는 겨우 눈을 뜬다. 눈이 마주친 우리는 미소로 조용히 지난밤의 성공을 자축한다. 중정 전체에 그늘이 드리우고 있을 것이다. 언니가 새로운 이야기를 시작할 시간이 어김없이 다가서고 있다. 아잔을 곱씹으며 삼백이십아홉 번째 같은 질문을 던진다. 칼리파의 침전에서 우리는 함께 내일의 해를 볼 수 있을까. 기도가 아닌, 나의 오랜 일과 언니의 이야기가 오늘 밤도 우리를 지켜줄 수 있을까.

도성 전체가 우리에 대한 소문으로 가득할 것이다. 모래사막과 큰 바다를 건너 '실라'라는 곳을 오가는 교역에 돈을 댔다가 밑천을 잃은 거상의 두 딸에 관한 풍문, 혹은 하룻밤 유희로 쓰이고 버려질 운명을 하루씩 미루려는 두 요물의 이야기, 혹은 노래.

하지만 우리는 소문이 아니다. 마녀가 아니다. 언니가 첫날 밤 칼리파와 주고받은 것은 거래일 뿐, 저주도 액땜도 아니었다. 삼백이십아홉 날 동안 깨지지 않은 흥정의 내용은 다음과 같다. 끝나지 않은 이야기를 그다음 밤에도 풀어놓으면, 적어도 이 이야기가 끝나기 전까지는 동생을 건드릴 수 없다는 것. 몇 밤에 걸쳐서 이야기 하나를 마무리한 뒤 아침이 오기 전 언니는 다른 이야기를 시작했고 칼리파는 삼백이십아홉 번의 밤이 지나도록 궁금증을 모두 해소할 수 없었다.

"그러니까, 이 모든 일들이 실은 네 작은 머릿속에만 존재하는 거짓이란 말이렷다."

칼리파는 한 이야기가 마무리될 때마다 물었고, 언니는 대답했다.

"아닙니다. 소인이 들은 것에 거짓을 섞었으되, 무엇이 참이고 거짓인지는 아는 바 없습니다. 모든 것이 거짓이라는 말이야말로 참 거짓이 아니겠습니까."

칼리파는 어떤 일도 실제로 일어난 적 없으나 모든 일이 사실인 이야기에 너털웃음을 지었고 나는 생각했다. 이야기와 목숨을 맞바꾸는 언니의 거래는 이야기와 꿈을 맞교환하는 수집가의 일과 닮았다고.

잠이 들면 목소리가 속삭인다.

오랜 일을 다오, 오랜 꿈을 주마.

오랜 꿈 속에서 길을 떠난 이는 집을 찾았고, 가족을 잃은 이는 새로운 인연을 만났으며, 거짓에 눈이 먼 자는 대낮 같은 참의 힘 앞에 굴복했다. 하나를 잃으면 다른 하나를 얻었고, 하나를 얻기 위해서는 뭔가를 포기해야만 했다. 가차없이 냉철한 세계였음에도, 꿈에서 깨고 나면 언제나 타고난 것보다 큰 존재가 되는 기분이었다. 해가 뜨는 곳보다 더 먼 곳에는 사람들의 생김만큼이나 다른 정의와 마법이 존재한다는 걸 이미 알고 있었음에도, 꿈속 세상은 달라서 위험했고, 위험하지만 매혹적이었다.

체면을 중요하게 여기는 아버지는 먼 곳에서 청하지 않은 손님이 찾아올 때마다 낙타를 잡았다. 아버지의 허풍이 아버지와, 아버지의 아버지와, 아버지의 아버지의 아버지로 이어지는 계보를 끝없이 거슬러 오르는 동안 나는 오랜 일을 수집했다. 아버지의 아버지가 아버지의 어머니 혹은 아버지의 어머니의 어머니, 그도 아니면 아버지의 아버지의 어머니를 죽였다는 것을 늙은 노비에게 듣고, 아버지가 아버지의 어머니의 딸을 아버지의 아버지와 함께 산 채로 묻은 과거를 이웃들에게 전해 들었다.

목소리에게 오랜 일을 전한 다음 날이면 밤새 보고 들은 것을 언니에게 풀어놓았다. 언니는 나란히 앉은 내가 꾼 꿈을 익숙한 이야기로 바꾸는 재주가 있었다. 처음과 끝이 없고, 원인과 결과가 없고, 선과 악이 없고, 반드시 그래야 하는 법도 그래선 안 되는 법도 없는 일들을 재료로, 억울한 죽음에 이유를, 갑작스러운 이별에 사연을, 힘없는 이들을 위한 마법을 덧붙였다. 그때는 몰랐다. 태어남과 죽음 사이에 그처럼 삶을 채워 넣은 언니의 이야기가 칼리파 앞에 선 우리를 살릴 것임을.

하렘에 온 뒤로는 목소리에게 명령하기 좋아하는, 명령밖에 할 줄 모르는, 명령이 실현되지 않는 것을 참지 못하는 남자와 결혼하지 말라는 교훈을 담은 오랜 일을 고했다. 가족에게서 도망쳐 나지막한 숲으로 향하는 소녀의 꿈을 꿨다. 크고 위대한 일을 위해 밑동이 잘릴 염려 없이 볼품없는 나무만 가득한 숲에서 아이는 결국 제힘으로 집을 지었다. 그 꿈을 전해들은 언니는 영웅을 낳는 처녀가 아닌 스스로 영웅이 되는 처녀의 이야기를 칼리파에게 속삭였다. 언니의 이야기에 빠져든 칼리파는 매일 밤 조금씩 다른 사람으로 변해갔다.

멀리서 누군가 우리의 이름을 부른다. 나는 아잔을 바꾸어 읊조리며 칼리파 앞에 설 채비를 한다.

목소리 외의 다른 것은 우리를 지킬 수 없다.
증언컨대 오랜 일과 꿈이 우리를 구원하리라.

<u>으으오우우우으우우우으으웅.</u>
에어컨 소리가 어색한 회의 분위기를 뒤흔들기 시작했다.
"저놈의 에어컨은 이제 근무 시간도 안 가리네."
"원래 하루 종일 지 맘대로 시끄러워요. 낮 동안에는 원체 북적여서 안 들리는 거죠."

승주가 구시렁거리고 사건팀장이 대꾸하는 일상적인 대화가 영설에게 의미심장하게 다가왔다. 오랜 일과 오랜 꿈을 맞바꾸자던 목소리 역시 인간의 밤이 너무 시끄러워지면서 묻힌 것은 아닐까. 혹은 모두가 가지고 태어나지만 어느 순간 거짓말처럼 사라지는 몽고반점처럼 목소리를 듣고 이에 대답하는 능력도 있다가 없어진 것인지도. 상념은 승주의 질문이 CCTV 귀신에게 향하면서 깨어졌다.

"수습 생각은 어때? 거기 네 나와바리였잖아."
"네?"
"다 들었잖아. 최근 이어진 귀갓길 여성 연쇄 폭행 사건의 배후를 파자는, 주 팀장 아이템 말이야."

승주는 팀장이 낸 아이템이 맘에 들지 않을 때 막내를

콕 집어 의견을 묻는 버릇이 있었다.

"너도 그렇게 생각하지? 있긴 뭐가 있어. 늘 일어나던 일인데. 경찰도 그러잖아. 전형적인 '묻지 마 범죄'라고. 피해자나 용의자들 죄다 제각각이야. 아무런 공통점이 없다고. 그래서 묻지 말라는 거야."

"아닌데요."

"뭐?"

"이상 동기 범죄가 맞는 말이라고요."

황당한 기색을 감추지 못하는 승주를 향해 이번엔 영설이 말했다.

"최근 2주일 동안 서울 시내에서 일곱 건의 심야 길거리 폭행 치사 사건이 발생했어요. 그중 한 건은 살해 치사, 나머지 여섯 중 네 건의 피해자가 여성이고, 한 명은 사망. 나머지는 중태로 의식이 없어요. 2주에 일곱 건이요. 이틀에 한 건. 피해자와 용의자가 제각각이라고 하지만 모아놓고 보면, 패턴은 분명히 있어요. 경찰청에서 좀 이따 있을 기자회견도 일련의 사건들과 연관이 있다는 걸 보면 의외로 뭔가 있을지도 몰라요."

자신도 모르게 말이 빨라진 것을 느낀 영설이 텀블러에 담긴 차를 들이켰다. 미적지근하게 식는 바람에 떫어진 차 향이 입안을 맴돌았다.

"경찰청 기자회견 내용을 보고 거기에 맞춰서 조정할 수도 있고요. 몇 주짜리 연재 기획이 아니더라도 일회성 기획 기삿감은 된다고 봅니다."

"원래 강력 범죄 피해자 중 여성 비율이 90%야. 사건의 연관성을 보도하고 필요하다면 분석할 수는 있지. 근데 더 이상 뭘 어떻게 해. 안전 귀가 캠페인이라도 할까? 그리고 법조팀장이 사건팀 아이템을 왜 내는 거야. 나중에 이 사건들 검찰로 다 송치되면 그때 제대로 개발해보든가."

시간을 확인한 승주가 이번에는 회의실 밖까지 들릴 정도로 소리쳤다.

"당장 한 달치 기획은 나왔으니까 일단 여기까지 하자. 다들 해산!"

사건팀장이 영설의 어깨를 툭 치고 지나갔다. 영설이 옆자리에서 눈치를 보는 CCTV 귀신에게 고개를 돌렸다.

"2시 본청이랬지?"

"네? 네. 선배도 같이 가시게요?"

"아냐, 나 혼자 가."

영설은 노트북 가방을 대강 챙겨 엘리베이터에 올랐다. 중간에 엘리베이터 문이 열리고 노트북 가방을 둘러멘 문화팀 후배가 탔다.

"어디 가?"

"드라마 제발회요. 아, 제작 발표회. 〈목소리〉라고 개화기를 배경으로 하는 여성 활극이에요. 제가 정말 좋아하는 정화연 작가님 오래간만의 신작이라서 기대 만발이에요."

영설은 제목을 듣고 다소 놀랐지만 짐짓 모르는 체하며 물었다.

"목소리? 무슨 목소리?"

"남들은 듣지 못하는 목소리를 듣는 주인공이 자신과 같은 걸 듣는 다른 여성들을 찾아서 세계를 여행하는 일이라던가. 어, 선배도 정 작가님 좋아하세요?"

영설이 머뭇거리면서 대답했다.

"음, 좋아하지."

후배의 말대로라면 화연은 그 와중에 3일 내내 틈만 나면 미지의 장례식장을 찾아 함께 머물러준 것이었다.

"그래 봤자 가짜 이야기 나부랭인걸. 미지는 내 조카이기도 해."

바쁠 텐데 계속 있지 않아도 된다며 밀어내는 영설에게 화연이 말했다. 영설은 목소리와의 거래를 거부하면서, 목소리에 대한 드라마를 쓴 화연의 마음을 떠올렸다. 거부도 인정도 미루고 있는 자신이 어떤 결정을 내릴 수 있을지 가늠할 수 없었다.

경찰청 기자회견은 CCTV 전면 교체에 관한 것이었다. 최근 증가하는 폭력 범죄에 선제 대응하기 위해, 행인의 움직임을 적극적으로 감지하여 위험한 상황이 발생하면 관제 센터에 즉각 알리는 기능을 갖춘 CCTV를 설치한다고 했다. 총 1300억원을 투입해 향후 3년간 기존 CCTV를 모두 인공지능형으로 교체하고, 대대적인 신규 설치까지 할 예정이었다.

영설이 손을 들어 질문했다.

"최근 일어난 사건 발생 지역 주변 CCTV가 제대로 작동하지 않았다고 알고 있습니다. 최신 모델도 좋지만 말씀하신 것처럼 일괄 교체에 적어도 3년이 필요합니다. 기존 CCTV의 신속한 수리와 관리가 동시에 이뤄지지 않는다면 그만큼 치안 공백이 생길 수밖에 없을 텐데요. 구체적인 계획이 있습니까?"

경찰청장이 자료를 뒤적이더니 대답했다.

"신형 CCTV 기술을 보유한 에이알테크가 이미 장비를 대량 생산하여 확보했습니다. 가능한 모든 인력을 투여해서 최대한 빠른 시일 안에 진행할 계획입니다."

영양가 없는 대답 속에서 튀어나온 익숙한 이름에 영설이 고개를 갸웃했다. 사무실에 도착할 무렵에야 어디서 들은 이름인지 떠올랐다. 에이알캐피탈. 국내 최대 규모의 대부 회사였다. 현금 보유액으로 따지면 웬만한 대기업 몇 개를 합한 것만큼의 규모였다. 합법이라고는 해도 대부 회사로 알려지는 것을 피하는 업계 특성상 홈페이지 등에 별다른 정보를 공개하지 않는 곳이었다.

영설이 승주의 자리를 살폈다. 여느 때처럼 칼퇴근을 앞둔 승주의 정수리가 출구로 향하는 것을 본 영설이 일어나 뒤를 따랐다.

"부장!"

정장에 서류 가방을 챙겨 든 승주가 뒤를 돌아봤다.

"오늘 기자회견 기사 보셨죠?"

"어."

"에이알테크에서 신형 기기 보급을 모두 담당한다는 거 말인데요."

걸음을 늦추지 않는 승주를 따라 영설 역시 여자 화장실까지 들어와버렸다.

"이렇게 큰 예산이 필요한 공공 프로젝트를 급하게 결정해서 추진한다는 게 좀 이상하지 않습니까?"

"주 팀장 말처럼 강력 범죄가 잇따르는 위기 상황이니까 긴급 예산이 투입됐겠지?"

색조 화장을 시작한 승주가 거울을 통해 영설을 바라보며 말했다. 립스틱이 지나가자 승주의 입술이 새빨개졌다.

영설의 시선이 파우치 속 온갖 화장품으로 향했다. 스킨과 로션, 자외선 차단제 말고는 메이크업에 대해 아는 바가 없었지만, 그 모든 제품이 화장품 업계 1위인 아르테미스의 컬렉션이라는 건 잘 알았다. 온갖 SNS에서 광고를 퍼붓고 있었으니까. 아르테미스는 에이알그룹의 자회사였다.

"아무리 그래도 최소한의 입찰도 없다는 게 걸려요."

"하고 싶은 말이 뭐야."

승주가 퍼프를 케이스 안으로 집어넣었다.

"뭔가 찜찜해요. 접대 비리라도 있을 것 같아요."

"예산이 크니 주변에 콩고물이 좀 떨어질 만도 하지. 건드려볼 수는 있지만 진짜 콩고물 수준이라면 본전도 못 찾을 거야."

10년 전만 해도 본전은 광고 수익 정도를 의미했지만, 요즘은 달랐다. 대기업의 눈 밖에 난다면 광고는 물론 최고의 조회수를 보장하는 기삿거리까지 끊기는 연쇄 작용까지 각오해야 했다. 고단한 싸움이 언제까지 계속될지 몰라 속이 타는 것은 말할 것도 없었다.

말을 마친 승주는 크고 작은 화장품 케이스를 하나씩 담아 파우치 안에 차곡차곡 넣어 자리를 떴다. 온갖 화장품, 그리고 향수 냄새에 정신이 혼미했다.

거울에 비친 자신을 물끄러미 바라보다 화연의 전화를

받았다. 질문을 듣기도 전에 대답했다.

"마감 끝났고, 저녁 아직이고, 야근 없이 퇴근할 거야."

영설은 매일 이어지는 화연의 질문을 모두 꿰고 있었다. 그러나 답 하나가 빠진 것을 화연은 놓치지 않았다.

"목소리는 더 안 들려?"

영설은 대답하지 못했다.

"잠은 제대로 자니?"

그날 아침 이후 영설은 30분 이상 이어 자지 못하고 있었다. 목소리를 피하고 싶은 마음 때문인지, 여전히 용의자도 특정하지 못한 수사 진행 상황 때문인지는 모르겠다. 아마도 둘 다일 터였다. 미지에게 미안했고, 범인도 잡지 못한 미지의 일을 오랜 일로 고할 수는 없었다.

"그래. 그럴 것 같더라."

묵묵부답의 의미를 알아듣고 화연이 말했다.

"새 드라마 제목이 목소리더라."

자리로 돌아와 노트북 화면을 기계적으로 클릭하던 영설이 화제를 돌렸다.

"반평생 넘게 듣다 보니 뭐라도 해야할 것 같은 마음이 되더라. 또 모르지. K 콘텐츠 붐이라도 타면 수집가들 네트워크에라도 가닿을지."

오랜 일과 꿈 사이의 느슨한 연결은 참을 수 없다면서,

현실과 드라마를 이으려는 화연의 결정이 무엇을 의미하는지 영설은 알듯도 했다.

"이번에도 새드엔딩이야?"

"뭔 말이야."

"드라마 말이야. 또 주인공 죽이냐고."

화연이 전화기 너머에서 잠잠하더니 내뱉듯 대답했다.

"아무리 조카님이어도 기자한테 내가 그런 걸 스포할까."

"고모가 사람 괜히 죽이진 않지."

분명 농담이었는데 웃음이 나오지 않았다.

"내가, 그래서 오랜 일을 싫어해."

"내가, 그래서 고모 드라마를 좋아하잖아."

"내가 또 결말 하나는 꼼꼼하게 잘 닫아주지. 오죽하면 내 호가 락앤락이야."

영설은 그동안 읽었던 수많은 추리소설의 마지막을 생각했다. 내내 손에 땀을 쥐며 따라잡은 끝에 아쉬운 마음으로 마지막 줄을 읽어 내려간 이야기의 마지막 페이지 이후가 궁금해졌다. 범인이 잡히고, 동기와 과정과 수법이 빠짐없이 밝혀진 뒤 사랑하는 사람 혹은 대체할 수 없이 소중한 것을 잃은 인물은 마지막 문장 이후 어떤 삶을 살았을까. 닫힐 기미 없이 열린 미래를 끝내 살아낸 뒤에는 무엇이 기다리고 있을까.

꽉 찬 저 달은 자신의 의지로 하늘의 천장에 닿았을까. 부드럽게 꼬물거리는 새끼 짐승의 기척에 돌아누우니 내 뱃속에서 내가 끄집어낸 내 아들이다. 혼자서는 목도 가누지 못하는 이 생명은 누구의 의지로 시작됐을까. 누구의 것이든 내 것은 아니었다. 그렇다면 마지막 정도는 내 의지로 결정해도 되지 않을까.

한해살이를 이어가던 백성들에게 씨를 땅에 맡긴 뒤 먹거리로 돌려받는 법을 가르치던 시절. 떠돌이 생활을 마치고 한곳에 뿌리를 내린 사람들은 함께 노래하며 땅을 일구다가 한데서 잠이 들었다. 오랜 일과 오랜 꿈을 맞바꾸자는 목소리 역시 너 나 할 것 없이 함께 들었다. 광야를 헤매며 하늘과 땅의 뜻을 헤아리던 밤과 낮의 이야기를 목소리에게 들려주고, 사라진 것들로 가득한 세상을 함께 봤다.

그리워하는지도 몰랐던 풍경이 새롭게 펼쳐진 그곳에서 천지가 뜨거운 불의 물이었다가, 바다와 뭍의 흐릿한 경계를 비집고 큰 풀들이 무성해졌고, 그 뒤를 커다란 새와 도마뱀이 호령했다. 요란하고 거대한 짐승들마저 남김없이 사라진 자리를 작고 힘없는 젖먹이 동물들이 차지했고, 마침내 사람을 닮은 털북숭이들이 조심스럽게 나무에서 내려와 영토를 확장했다.

때로 하늘에 구멍이 뚫린 듯 비가 퍼부었고, 세상을 끝장낼 듯 천둥번개가 계속됐으며, 갑작스러운 어둠이 태양을 삼킨 뒤 뱉어냈다. 하지만 아무것도 두렵지 않았다. 우주는 모두가 함께 꾸는 오랜 꿈이었고, 사람은 그 꿈의 주인이자 일부였다.

그런데 시간이 갈수록 사람들은 꿈의 태반을 기억하지 못하는 눈치였다. 잠에서 깨어난 이들의 몸을 감싸는 건 사소한 선의와 따뜻한 호의의 든든한 느낌뿐이었고 오직 나만이 태고의 시간을 그려볼 수 있었다. 탐스러운 열매를 맺는 풀을 자라게 하는 방법과, 피부가 썩어 들어가는 저주에 맞서는 도리와, 적의 구리방패를 박살낼 철검의 비밀이 꿈을 통해 나에게 왔다. 내가 키우지 못할 생명이나 고치지 못할 병은 물론 이기지 못할 전쟁도 없었다. 새끼가 피붙이를 거두는 어미 곁으로 모여들 듯, 나의 백성들이 내 날개 아래로 괴어들었다.

그러던 어느 날 한 사내가 낯선 입성으로 당도했다. 어떤 풀이 사람을 살리고 어떤 열매가 죽이는지를 꿰뚫어볼 줄 아는 내가 그의 겉모양에 눈멀고, 요사스러운 혀에 귀먹어 이 아이를 만들었다. 내 아비와 남편과 남동생의 명줄을 끊고, 비겁한 전쟁까지 대신 치른 뒤에야 알았다. 그 손에 쥐여준 칼이 향한 곳이 결국 나였음을. 그리고 보았다. 내 백성과 나 사이를 이간질한 그자가 다른 여인을 품고 다른 아들을 만드는 광경까지. 천지신명과의 대화는 물론 꿈과 일을 바꾸는 거래 따위 안중에도 없는 그가 유일하게 아낄 만한 게 제 피를 물려받은 수컷, 바로 이 아이라지. 그러니 직접 빚은 철검이 향할 곳은 달리 없는 모양이다.

칼끝에 달빛이 닿아 반짝이자, 아기가 팔을 뻗으며 손가락을 꼼지락거린다. 가슴을 향해 번뜩이는 물건의 의미도 모르는 체하는 양을 지켜보고 있노라니 아이의 눈빛이 그 아비를 닮았구나. 어리고 여린 모든 것들을 보면 왜 이리 마음이 슬퍼지는지 모를 일이다.

하지만 아이야. 나는 네가 이 물건으로 무엇을 뺏고 무엇을 지킬 수 있는지를 깨닫기 전에, 그리하여 너와 나의 아비들 같은 수컷으로 성장하기 전에 너의 끝을 볼 거야. 귀한 보물이 망가지기 전에 산산이 부순 뒤, 심장에 박아 넣으면 그 역시 오랜 일이 되어 오랜 꿈의 일부로 남겠지.

멀리서 굽어보는 하얀 달이 아이의 가슴에 단검을 묻는 나를 본다. 그리고 또 한 존재, 나와 같은 몸, 나를 닮은 눈과 입과 귀와 손과 다리를 가진 또 다른 아이, 나의 딸이 보고 있다. 뒤를 보지 않아도 알 수 있다.

"아가, 이리 오렴."

한 걸음씩 아이가 다가온다. 태양이 지는 곳을 향해 떠나자며 내 쪽으로 손을 뻗는다. 네 말이, 네 손이 옳다. 크고 많은 슬픔을 이고서도 환하게 웃을 수 있다는 걸 우리는 알고 있다. 우리는 어디에서든 다시 시작할 수 있을 거야. 누구도 오해받지 않는 곳에서, 어떤 야망도 비웃음 사지 않는 땅을 일구자꾸나.

어딘가에서 목소리가 들려온다. 아이의 얼굴에 미소가 번진다. 너도 나와 같은 것을 듣고, 나와 같이 두려움이 없구나. 네가 보고 듣고 느낀 것들을 네 목소리로 전할 의무가 너에게 있다. 낮지만 한없이 퍼져나가는 꿈을 가질 권리가 너에게 있다.

피해자가 스물아홉 명으로 증가했다. 모두 여성이었고, 인적이 드문 장소에서 이뤄진 탓에 목격자는 없었는데, CCTV는 설치되지 않았거나 고장으로 방치된 상태였다. 그 외에는 사건들 사이에 직접적인 연관이 없어 보였다. 범행은 수도권에서 산발적으로 발생했고, 10대 초반부터 80대에 이르는 피해자들은 직업까지 다양했다. 도구 역시 대중없었다. 여러모로 수상한 확산세였으나 이를 일련의 사건으로 조명하는 언론은 없었고, 경찰 역시 별다른 경각심을 보이지 않았다. 몇몇 선정적인 스트리머의 주목은 아무런 도움도 주지 못했다. 한 달여가 지나도록 미지의 살인범은 용의자조차 특정되지 않았고, 중요 증거라는 반지는 돌아오지 않았다.

영설은 일상적인 취재와 마감을 소화하면서 틈이 날 때마다 관할 경찰서로 뿔뿔이 흩어진 수사 관계자들을 찾아다녔다. 경찰청 범죄 분석 요원에게 식사며 커피를 들이미는 등 어울리지 않는 접대도 마다치 않았다. 취재와 수사를 넘나드는 형국이었다. 미지를 비롯한 그 어떤 피해자도 목숨을 잃을 뻔하거나, 목숨을 잃어야 할 이유가 없었는데. 영설에게 필요한 것은 이유였다.

추리소설을 더는 읽을 수 없었다. 아무도 사용하지 않는 당직실을 점거했다. 집에 들어갈 이유도 없었고 집에 들어가지 않아도 되는 핑계가 생겨 반갑기도 했다.

에이알테크는 여전히 영설의 레이더망에 있었다. 단순 접대 비리에 맞췄던 초점이 예상치 못한 방향으로 흘러갔다. 신형 CCTV가 대안으로 떠오르고 호신 용품까지 주목받아 폭발적인 인기를 끌면서 주가가 치솟아 에이알테크가 엄청난 경제적 이익을 누리기 시작한 것이다. 몇몇 사건의 용의자가 특정되자 더 수상해졌다. 그들이 가진 단하나의 공통점이 바로 에이알테크와 에이알캐피탈이었다. 용의자들 모두 그중 한 회사에서 근무한 적이 있거나, 일가친척 중 누군가 에이알캐피탈에서 큰돈을 빌렸다가 최근 모두 갚았다.

미지의 죽음으로 시작된 일련의 범죄들 사이에 존재하는 석연찮은 고리들을 간신히 잡았다. 물러설 곳은 없었다. 영설은 승주를 회의실로 불러 자신이 발견한 사실들을 다시 한번 브리핑했다. 막연한 근거로 불필요한 성별 갈등을 조장할 수 있다거나, 본전도 못 찾을 때의 여파를 고려해야 한다는 등의 이유로 기사화를 미룰 수 없다며 쐐기를 박았다.

승주는 굳은 얼굴로 팔짱을 낀 채, 듣기만 했다. 바쁘게 움직이던 영설의 손가락이 멈춘 뒤 태블릿이 절전 모드로 돌입할 때까지도 미동도 없던 승주가 숨을 들이켜며 입술을 깨물었다.

"우리가 수사관이야? 문제가 있으면 해결하려고 하지 말고 취재하고 분석해서 보도해야지. 별 증거도 없이 건실한 중소기업을 문제 삼다가 큰일 난다."

영설의 눈은 보지도 않은 채였다. 또다시 침묵이 이어졌다.

"해."

"네?"

반색하는 영설에게 승주가 입꼬리를 슬몃 올리는가 싶더니 말했다.

"하고 싶었던 거, 하라고. 묻지 마 범죄 기획 기사. 근데 에이알테크는 빼고."

여지껏 설명한 것을 못 들은 셈치는 승주의 말에 영설은 말문이 막혔다. 열리나 싶었던 문이 금세 닫히듯 다시 일자로 돌아온 승주의 입을 바라보며 영설이 과거를 떠올렸다. 승주가 경쟁지 선배였을 때, 둘은 현장에서 제법 자주 부딪혔다. 유가족 협의회니, 노조 비대위니 하는 단체의 썰렁한 기자회견장에는 늘 승주가 있었다.

제언과 화연, 영설이 만나는 날이었다. 미지의 장례식 이후 첫 모임이었다. 고모와 할머니가 내내 신경 쓰는 것을 알고 있는 영설이 두 사람을 자기 집으로 불렀다. 배달 음식과 제언이 해온 밑반찬, 화연이 사온 주전부리까지 이어지는 풀코스가 마지막에 이를 때까지 셋 중 누구도 목소리를 입에 올리지 않았다. 확고한 팬층을 확보하면서 은근한 반응을 얻고 있는 화연의 드라마 〈목소리〉를 중심 화제 삼은 대화가 그 주변을 빙빙 돌 뿐이었다. 제언은 목소리에 대답하는 것은 한사코 피했으면서 수집가 이야기를 설정으로 이용하는 화연이 못내 불만이었다.

그런 제언을 모르는 체하며 화연이 말을 돌렸다. 해외 시청자가 이메일을 보내왔는데, 드라마에 등장하는 설정이 현실에 근거한 것 같다면서 어느 지하운동 조직을 언급하더란 것이었다.

"독립 지하언론 연대라는 비영리 뉴스 조직이 있다는 거야. 전통적인 방식으로 뉴스를 발굴해서 공유하고, 협력 취재를 진행한 뒤에 가장 적합하고 파급력이 있는 미디어를 통해 다양한 포맷으로 발표를 해왔다던데, 꿈이 아니라 현실에 직접 개입하는 수집가들의 네트워크 같은 느낌 아닌가?"

그 순간 영설은 숨통이 트이는 기분이 들었다. 어쩌면 방법이 있을지도 몰랐다. 영설에게 필요한 것은 느슨하지만 넓은 영향력, 긴 호흡을 지닌 조직이었다. 화연에게 그 해외 시청자의 이메일 주소를 전달받은 뒤, 조사에 착수했다. 독립 언론에 몸담은 지인부터 알고 지내던 해외의 르포 작가, 취재원까지 모든 방법을 동원했다. 그중에는 승주도 있었다.

"이상 동기 범죄 기획. 아무래도 CCTV 이야기는 피해 갈 수가 없어요."

"CCTV를 고장 내거나 작동이 안 되게 조작한 뒤에 불특정 다수의 남성들을 사주해서 공포 분위기를 조장하는 일당이 CCTV 업체와 한통속이라는 가설을 기사로 쓰겠다고?"

"가설 아니에요. 단계별로 증거, 제시할 수 있어요. 그렇게 설마 했던 '썰'이 결국 사실이었던 게 한두 번인가요. 불법 카메라가 몰카로 불리던 시절 디지털 장의사랍시고 피해자를 돕던 이들이 실은 불법 카메라 설치하고 영상물 유통한 작자들과 커넥션이 있었던 것처럼."

"사람 죽이라고 사주하는 거랑 그거랑 같아?"

"30건 가까운 폭행 사건 중 치사까지 이른 건 세 건뿐이에요. 모두 처음부터 살해를 의도한 죽음이 아니라는 공통점이 있고요. 살인 청부가 아니었을 거예요."

"모든 사건의 배후에 폭행 교사가 있다?"

영설이 침묵으로 대답을 대신했다. 잠시 뜸을 들인 뒤 물었다.

"뉴 인 올드. 들어본 적 있어요, 선배?"

오래됨 안의 새로움: 독립 지하 뉴스 연대(New in Old: independent and underground news solidarity).

웹사이트 같은 건 없었고, 인터넷상 어디에서도 검색되지 않았다. 하지만 논픽션 출간물, 다큐멘터리, 극 영화 혹은 텔레비전 시리즈와 그래픽노블 등 다양한 콘텐츠의 원작이 되는 탄탄한 르포의 배후에 이들이 있었다. 미국 대도시의 뒷골목에서 여성 십수 명을 죽인 연쇄살인의 수사와 체포, 공판 과정을 따라간 논픽션, 가자지구에서 무차별적으로 벌어지는 대규모 학살의 한복판에서 인간으로 살아남기 위해 고군분투하는 이들을 소개하는 다큐멘터리, 성폭력과 테러 위협, 온갖 디지털 음해에 맞서면서 연구와 캠페인, 저술과 강연 활동을 이어가는 청소년 환경운동가의 1년을 따라간 인터넷 연재물 등이 뉴 인 올드 뉴스 연대의 생산물로 추정됐다.

"들어봤다면?"

승주가 영설을 바라보며 반문했다. 역시 그럴 줄 알았다. 사실 영설은 민주일보에서 이 기사를 쓸 수 있으리라고는 생각하지 않았다. 하지만 과거 승주와 영설은 국내에서 수요가 없어 취재 경쟁도 별로 없는 국제 분쟁이나, 첨예한 국제 정치 기사를 취재할 때도 자주 마주쳤다. 어디서부터 시작해야 할지 막막하거나 취재원을 구하기 어려울 때 연락하면, 승주는 못 이기는 척 자료나 연락처를 건네곤 했다. 두드릴 곳은 승주뿐이라고 생각했다. 들어본 정도가 아니라 선이 닿는 법, 하다못해 선을 댈 방법을 알고 있는 게 분명했다.

"그럼 너무 다행인 거죠. 제가 이 폭탄을 민주일보 이름으로 터뜨리지 않아도 될 테니까."

"확실하게 연락할 방법을 대지 않으면 자폭하겠다는 협박이네."

살벌한 얘기를 예사로 주고받는 둘의 얼굴에 옅은 미소가 떠올랐다.

허름한 민주일보 건물은 번쩍이는 광고판들이 불야성을 이루는 미디어 단지 끄트머리에 자리 잡고 있었다. 가까운 지하철역으로 가는 최단 경로는 복잡한 단지 중심가를 가로지르는 것인데, 얼마 전 홀로그램 광고판 거리가 조성되어 이는 한층 어려워졌다. 출렁이는 듯 보이는 외벽 디스플레이며 반구형 멀티비전, 화면 속의 캐릭터가 현실로 튀어나오는 듯한 미디어파사드 등 구경거리가 잔뜩이었다. 끝도 없을 듯한 열대야의 무더위, 극한의 습도에도 아랑곳 않고 일부러 찾아온 인파로 늘 북적였다.

승주에게서 받은 뉴 인 올드의 명함을 만지작거리면서 영설은 별생각 없이 거리에 들어섰다. 북적이는 인파 너머로 이들의 시선을 다급하게 잡아끄는 화면이 현실을 침범하고 있었다. 짙푸른 산하가 순식간에 색색의 단풍으로 물드는 지역 관광공사 광고판을 지나자, 얼마 전 월드투어를 개시했다는 아이돌 그룹과 함께 콘서트 무대에 오른 듯한 기분을 느낄 수 있도록 디자인된 VR 섹션이 시작됐다. 그 안에서 파도에 몸을 맡긴 것처럼 이리저리 떠밀려 이동하던 영설의 무릎이 갑자기 툭 꺾였다. 인파에 떠밀리다가 보도블록의 높이가 달라진 것을 미처 몰랐던 탓이었다.

고개를 들자, 뿌연 지평선의 끄트머리에서 증기기관차가 눈앞에 달려들었다. 검은 연기를 내뿜는 열차가 사라지자, 대형 선박이 대양을 가로질렀다. 기차와 배에 한복과 양복을 차려입은 세 여성이 보였다. 갑자기 하얀 눈밭이 펼쳐지더니 사방이 고요해졌다. '아무도 듣지 못하는, 그러나 누군가는 답해야 하는 목소리' 어쩌고 하는 자막이 이어졌다. 영설이 마른세수를 하듯 손바닥으로 얼굴을 쓸어내리며 드라마 〈목소리〉의 증강현실 광고를 빠져나왔다. 분명 땀을 닦기 위해서였지만 눈물도 함께였다.

광고 거리 너머 펼쳐진 아파트촌의 창들이 반짝였다. 그 모든 불 밝힌 창은 물론 어둔 창에도 저마다의 사연과 절실한 화두와 어긋난 바람들이 있을 터였다. 영설은 문득 알 수 있을 것 같았다. 가장 깊고 낮은 곳에 퍼진 오랜 일을 길어 올려온 수집가들의 마음을.

미지의 반지가 담긴 지퍼백을 마주한 그 밤 이후 처음으로 영설은 외롭거나 두렵지 않았다. 고민이 끝났다.

문답 | 오정연

오랜 꿈을 꾸기 전으로 돌아갈 수
없는 것처럼, 고담을 읽기 전과 후의 나는
전혀 다른 사람이 되어 있었다.

> '모계 전승'이라는 화두 안에는 아주 긴 세월과 수많은 삶들, 그리고 상당히 강인하고 끈끈하고 거칠기도 한 여러 갈래의 생각과 심상이 담겨 있습니다. 이 작품집을 제안받았을 때 어떠셨나요?

대다수의 생물 종에서 생물학적 성별을 제외한 대부분의 유전 정보가 모계를 통해 이어진다는 사실이 떠올랐습니다. 최초의 인류로 추정할 수 있는 개체의 성별이 여성인 것은 그 때문이죠. 지극히 구체적 예시를 더없이 과학적인 논리로 따지더라도 이 세계의 많은 부분이 본래 모계 전승으로 이어져왔다는 당연한 이야기를, 익숙하지만 낯설게 펼쳐볼 만한 화두라고 생각했습니다.

> 「오랜 일」은 까마득한 과거에서부터 오늘에 이르기까지 여성들의 이야기를 수집하고 전달하는 '수집자'들이 존재해왔다고 설정합니다. 이 독특한 설정은 어떻게 시작되었나요?

사소한 소문부터 웅장한 신화, 거대한 종교에 이르는 모든 명사로서의 '이야기'는 인간이 문자를 사용하기 이전, 인류 역사의 아주 오랜 기간 동안 동사로서의 '이야기하기'를 통해 발생하고 전달되었을 것입니다. 잠들기 전 옆에 누운 아이와 이런저런 수다를 이어가다 보니, '모닥불 가의 할머니에게 옛이야기를 전해 듣는 어린 세대'라는 일견 상투적인 이미지가 아주 오랜 세월 동안 실제로 이어졌던 일상임을 실감하게 되더군요. 잠들기 전의 이야기가 어떤 식으로든 꿈으로 연결되거나, 당시 직면한 상황이나 문제들이 극적으로 접목되어 꿈으로 재구성되는 경우가 있잖아요? 그런 이야기와 꿈이 개인을 위로하거나 단련하는 게 아닌가 싶었습니다.

> 반려인 미지의 죽음은 영설의 소박하지만 완벽했던 세계가 완전히 무너지는 사건입니다. 기자인 영설은 그 죽음이 흔한 단신으로 여겨지는 데 대해 비통해합니다. 지금의 여성 대상 범죄와 그 범죄가 다루어지는 방식에 대한 작가님의 문제의식을 엿볼 수 있었습니다.

가족이나 연인 같은 가까운 사이의, 혹은 일면식도 없던 여성을 대상으로 하는 폭력 및 살인 사건이 하루에도 몇 건씩 뉴스로 등장합니다. 지속적이고 끈질긴 문제 제기 덕분에 여성 대상 범죄를 다루는 뉴스에서조차 여성의 이미지를 대놓고 성적으로 착취하는 일은 이전에 비하면 많이 줄어들었지만, 여전히 많은 경우 죽었거나 죽음에 가까울 만큼의 상해를 입은 피해자는 대상화되고, 범행 동기를 묻는다는 이유로 가해자에게 발언권을 줍니다. 이런 현실을 다룬 훌륭한 논픽션들로부터 많은 도움을 받았습니다. 부산 돌려차기 사건 피해자 김진주 씨가 자신의 투쟁기를 넘어서 범죄 피해자 지원 운동에 앞장서기까지를 직접 증언한 『싸울게요, 안 죽었으니까』(글항아리 2025), LA의 연쇄살인범의 범죄부터 수사와 구속에 이르는 25년간의 기록을 통해 손쉽게 악마화되는 범죄자가 실은 별 볼 일 없는 개인이었고 그에게 희생당한 여성들은 저마다 꿈꾸는 미래가 있는 누군가의 가족이 있음을 공들여 설명한 『그림 슬리퍼』(크리스틴 펠리섹, 이나경 옮김, 산지니 2019) 등이 기억에 남습니다.

> '이야기를 전한다'는 의미에서 '창작' 역시 '오랜 일'로 여겨집니다. 작가님에게 글을 쓴다는 것은 어떤 의미인가요?

자신의 목소리를 높일 만한 도구 혹은 기회를 가지지 못한 이의 이야기를 전달하고 싶어서 소설을 쓰기 시작했습니다. 미처 펼쳐 보이지 못한 우주, 끝내지 못한 이야기를 끄집어내어 매듭짓는다는 생각을 하면서 작업에 임합니다.

> 과거로부터 작가님에게 이어진 것, 그리고 작가님으로부터 그다음 세대에 이어질 것을 포함해서 작가님에게 '모계 전승'된 가장 강력한 것 혹은 가장 끊어내고 싶은 것은 무엇일까요?

'돌봄'을 향한 본능이랄까 의무가, 같은 조건이라면—남성보다—여성에게 더 강력하게 발현되도록 생물학적으로, 그리고 사회적으로 진화해왔다는 것은 부인할 수 없는 사실 같습니다. 저에게 있어 그런 '돌봄'은 이음(연결)과 끊음(단절)을 동시에 떠올리게 하는 매듭과 매우 잘 어울립니다. 다음 세대를 물리적으로 '만드는' 능력이 오늘날 호모사피엔스가 지구를 이토록 엉망으로 만드는 데 일조했다고 생각하면 지긋지긋하게 느껴지는 질김이지만, 더 나은 세상을 위한 고민과 실천을 게을리할 수 없게 만드는 건 나보다 약한 존재를 향한 연민이기에 그래도 그 억셈이 고맙습니다.

| 이 작품을 읽을 여성 독자에게 한말씀 부탁드립니다.

우리의 이야기가 우리를 구할 것입니다.

기획의 말

 모계를 따라 대물림되는 무엇. '모계 전승 서사'는 당연히 '모녀 서사'에서 착안했다. 모녀 중 어머니는 필연적으로 딸이라는 단순한 사실이 모녀 서사를 모계 서사로 확장할 단서가 돼주었다. 모녀와 모녀를 잇는다면 시간의 축과 방향성이 생성될 테고 그것을 타고 흐르는 '무엇'이 이야기가 되어 스스로 의미를 드러내리라 생각했다. 더 많은 여성 서사가 필요하다는 점에서 해봄직한 시도였다.

 소재, 주제, 장르는 물론이고 모계의 형태에도 제한을 두지 않는다는 점을 골자로 기획서를 작성했다. 모계로 전승되는 것이라면 유무형의 무엇도 가능하다는 점, 모계가 반드시 혈연일 필요는 없다는 점, 중심인물이 반드시 지정 성별로서의 여성일 필요도, 심지어 인간일 필요도 없다는 점을 덧붙였다. 이야기들이 모여 특정한 방향을 가리키지 않기를, 각각의 이야기가 저마다의 방향으로 멀리 뻗어가기를 바라는 느슨한 기획이었다.

 배경도, 인물의 상황도, 모계의 형태도, 전승되는 유무형의 유산도 제각각인 다섯 편의 이야기를 선보인다. 아름답기도, 아프기도, 진절머리가 나기도 하는 이 유산을 기꺼이 물려받고, 거부하고, 새롭게 전승하는 저마다의 결말이 마치 넓게 펼쳐 던진 투망처럼 독자 여러분을 사로잡기를 바라면서.

  부족한 제안을 흔쾌히 수락하고 멋진 시놉시스를 보내주신 네 분의 작가님, 기획을 믿고 집필을 맡겨주신 사계절출판사, 그리고 놀랍도록 깊고 세심히 원고를 살피며 함께 고심해주신 장슬기 편집자님께 깊이 감사드린다.

2025년 9월

길상효

질긴 매듭

2025년 9월 3일 1판 1쇄

지은이
배미주, 정보라, 길상효, 구한나리, 오정연

편집		**디자인**
장슬기, 윤설희, 최경후, 강수연		박다애

제작	**마케팅**	**홍보**
박흥기	김수진, 이태린, 이예지	조민희

인쇄	**제책**
천일문화사	J&D바인텍

펴낸이	**펴낸곳**	**등록**
강맑실	(주)사계절출판사	제406-2003-034호

주소		**전화**
(우)10881 경기도 파주시 회동길 252		031)955-8588, 8558

전송
마케팅부 031)955-8595, 편집부 031)955-8596

홈페이지	**전자우편**	**블로그**
www.sakyejul.net	literature@sakyejul.com	blog.naver.com/skjmail

페이스북	**X(트위터)**	**인스타그램**
facebook.com/sakyejul	x.com/sakyejul	instagram.com/sakyejul

ⓒ 배미주, 정보라, 길상효, 구한나리, 오정연 2025

값은 뒤표지에 적혀 있습니다. 잘못 만든 책은 구입하신 서점에서 바꾸어 드립니다.
사계절출판사는 성장의 의미를 생각합니다.
사계절출판사는 독자 여러분의 의견에 늘 귀 기울이고 있습니다.
이 책은 저작권법에 따라 보호받는 저작물이므로 무단전재와 복제를 금합니다.

ISBN 979-11-6981-390-7 03810